THE ONCE AND FUTURE KING

永恒之王四部曲 4

THE CANDLE IN THE WIND

风中烛

〔英〕T.H. 怀特 著　简怡君 译

人民文学出版社
PEOPLE'S LITERATURE PUBLISHING HOUSE

T. H. White

THE CANDLE IN THE WIND

图书在版编目(CIP)数据

风中烛/(英)怀特著;简怡君译.——北京:
人民文学出版社,2015
(永恒之王四部曲)
ISBN 978-7-02-011217-3

Ⅰ.①风… Ⅱ.①怀… ②简… Ⅲ.①长篇小说-英国-现代 Ⅳ.①I561.45

中国版本图书馆 CIP 数据核字(2015)第 264985 号

责任编辑:甘 慧 尚 飞 张晓清
封面设计:高静芳

出版发行 人民文学出版社
社　　址 北京市朝内大街 166 号
邮政编码 100705
网　　址 http://www.rw-cn.com
印　　制 山东德州新华印务有限责任公司
经　　销 全国新华书店等
字　　数 122 千字
开　　本 890×1240 毫米 1/32
印　　张 5.625
版　　次 2016 年 1 月北京第 1 版
印　　次 2016 年 1 月第 1 次印刷
书　　号 978-7-02-011217-3
定　　价 23.00 元

“他稍稍想了想，便说：

‘我发现动物园对我许多病人有疗效。我该给庞提非先生开个大型哺乳类动物的处方。别让他以为他是在服药……’”

第一章

岁月的增长对阿格凡颇为无情。他四十岁时的相貌就和现在五十五岁看起来一样老了。他鲜少有清醒的时候。

而莫桀这冰冷细瘦的男人，看起来一点也没有变老。他的年纪模棱两可，就像他那对蓝眼睛的深度和他音乐般嗓音的抑扬顿挫。

此刻这两人驻足之处，是卡美洛奥克尼宫里的方庭回廊，他们看着阳光下的鹰鸟栖息在绿色庭园的横木上。这座方庭回廊有着新式的火焰形拱门，而在这优雅的框架中，神态高贵漠然的鹰鸟看起来十分显眼——这里有一只矛隼、一只苍鹰、一只游隼和她的雄隼以及四只小灰背隼。这四只小灰背隼养了一整个冬天，不过都活了下来。横木很干净——对热中户外运动的人来说，如果要参与这种血腥的运动，就有义务小心隐藏兽性的痕迹。所有的鸟儿都饰以美丽的绯色西班牙皮革和金工装饰，鹰鸟的皮带用白马皮编成，而那只矛隼的皮带和系脚皮绳，则是如假包换的独角兽皮裁制而成，是对她一生地位的赞美。她大老远从冰岛被带来，这是他们至少能为她做的事。

莫桀愉快地说："看在上帝的分上，我们离开这里吧，这地方臭死了。”

他说话的时候，那些鹰鸟稍稍动了一下，它们身上的铃铛发出一阵细语般的声响。这些铃铛是不惜代价从东印度带回来的，而且矛隼身上那对铃铛还是银制品。一只有时作为诱饵的巨大雕鸮站在回廊阴影处的栖木上，铃响时，它睁开了眼。睁眼之前，它看起来不过是只填充猫头鹰，或是一团邋遢的羽毛，然而在那双眼睛乍现之时，它成了爱伦坡笔下的生物，你完全不会想看着它。锐眼血红，杀气腾腾、可怕骇人，似乎还会发光，就像是蕴含火焰的红宝石。它的名字叫大公爵。

“我什么也没闻到。”阿格凡说。他疑心地嗅着，想要闻出些味道。不过他那块负责嗅觉与味觉的上颚已经废了，而且，他的头正在发疼。

“是‘运动’的臭味，”莫桀在话里加上引号。“还有‘合宜行事’与‘好人’的臭味。我们到花园里去吧。”

阿格凡执意要回到他们原先讨论的话题。

“不用为了这种事心烦，”他说，“我们知道是非对错，但是别人不知道。没有人会听我们的。”

“但是他们一定要听，”莫桀眼睛虹膜上的小斑点烧出蓝绿色的火焰，和猫头鹰的眼睛一样明亮。他不再是那个肩膀曲斜、衣着华丽的浮夸男子，反而成了一切的肇因。在这一点上，他完全无法与亚瑟妥协；可以说他和那个英格兰人彻底相反，互相对立。他变成了所向无敌的盖尔人，他是比亚瑟一族更古老、更奥秘的灭绝民族所遗下的子孙。而今，当他对这一切的肇因燃起怒火时，亚瑟的新法显得既中产阶级又鲁钝；与匹克特人原始而野性的智慧相比，似乎只是一种愚蠢的自我满足。他唾弃亚瑟时，他的母系祖先群集而至，显现在他脸上。那些祖先的文明和莫桀一样，也都来自母系家族，他们骑无鞍马、驾双轮战车、在战斗时讲究策略，并用敌人的头颅装饰他们狰狞的堡垒。他们蓄长发，模样凶猛，有位古代的作家描述他们行军的模样："手中持剑，与汹涌的河水或暴风雨中澎湃的海洋对抗。"而今他们的民族性展现在爱尔兰共和军身上，而非苏格兰民族主义分子，他们不断残杀地主，然后又怨怪那些地主遭人谋害。这个民族会把林查洪这样的人当成国家英雄，原因是他咬掉了一个女人的鼻子，而那女人属于戈尔家族；这个民族被历史的火山驱逐到世界遥远的角落，他们在那里怀抱恶毒的牢骚与自卑感，甚至至今仍公开表露他们自古相传的自大。他们是天主教徒，不过，如果有任何一位教宗或圣徒（亚德里安、亚历山大[①]或圣杰罗姆[②]）的政策不合他们的意，他们的做法是当着圣徒的面直接掉头走人；这些破碎遗产的守护者不但歇斯底里、暴躁抑郁，而且饱受责难。很久很久以前，以亚瑟为代表的外来者降服了这个野蛮、狡猾又英勇反抗的民族。而这便是这位父亲和他儿子之间的一道障碍。

阿格凡说："莫桀，我得跟你聊聊。好像没地方坐了，你就坐在那东西上面吧，我坐在这里。没人听得到我们说的话。"

---

① 有多位教宗以亚德里安（Adrian）和亚历山大（Alexander）为名。亚德里安一世（772—795）、亚德里安二世（867—872）、圣亚德里安三世（884—885）、亚德里安四世（1154—1159）、亚德里安五世（1276年7—8月）、亚德里安六世（1522—1523）、圣亚历山大一世（105—115）、亚历山大二世（1061—1073）、亚历山大三世（1159—1181）、亚历山大四世（1254—1261）、亚历山大六世（1492—1503）、亚历山大七世（1655—1667）和亚历山大八世（1689—1691）（亚历山大五世被称为伪教皇，不计入）。

② 圣杰罗姆（St Jerome，约347—420），将希腊文和希伯来文圣经译为拉丁文的圣徒，该版圣经至今仍是罗马天主教的重要经典。

“就算他们听到了，我也不在乎。我们就是要让他们听到。这事应该要大声说出来，而不是在回廊窃窃私语。”

“这些耳语最后还是会传出去。”

“不，不会的。他们不会把话传出去。他不想听，所以，就算我们有什么耳语，他也可以一直假装听不见。如果你当英格兰王当了这么多年，你不会不知道要怎么虚伪行事。”

阿格凡觉得不大自在。他对国王的恨意不如莫桀来得真实。事实上，除了蓝斯洛以外，他也不特别反对哪个人。他的态度比较像是随机的恶意。

“我认为，抱怨过去发生的事没有什么好处，”他阴郁地说，“如果每件事都这么复杂，年代又已经久远，我们没办法期望其他人会站在我们这一边。”

“或许这事年代久远，不过无损亚瑟是我父亲的事实，也改变不了他想把还是个婴儿的我放在船中随水漂走的事实。”

“对你来说，或许改变不了什么，”阿格凡说，“不过对其他人来说，情况就不同了。这么混乱的事根本不会有人在乎，你不能期待一般人会记得那些祖父或同母异父姐姐这类事。无论如何，现在大家不会为了私仇开战，你需要的是一种民族仇怨，它得跟政治有关，而且是正等着爆发出来的那种，你得利用那些唾手可得的工具。比如说那个约翰·鲍尔①，他有上千个支持者，他们各有

① 约翰·鲍尔（John Ball），一三八一年，英格兰因百年战争导致国库空虚，因此征收人头税，再加上当时黑死病流行，农民的迁徙受到限制，所以最后引发大规模的农民叛乱（Peasants' Revolt），当时领头的三名领导者之一就是约翰·鲍尔。这次叛乱最后为理查二世镇压，约翰·鲍尔被处以绞刑。这次事件有人称为瓦特·泰勒起义。

目的，但随时会在暴动中协助他。或者是撒克逊人，我们可以说我们支持民族主义运动，这样一来我们就可以加入他们，以此为借口。总之得要是广泛又普遍、所有人都能感同身受的名目才行。我们所反抗的对象一定要人数众多，比如犹太人、诺曼人或撒克逊人，这样才能让大家都义愤填膺。我们可以当原住民的领袖，向撒克逊人声讨正义；或是做撒克逊人的领袖，对抗诺曼人；或者当农奴的领袖，反抗上流阶级。我们要有一面旗帜，对，还要有个徽章。你可以用希腊十字[①]。或是像其他民族主义之类的也行。不过，如果只是你和那个老人之间的个人恩怨，那是没有用的。不管怎么做，你都得先花上半个小时解释状况，就算你上屋顶大吼也一样。”

“我可以吼说我母亲是他姐姐，而他为了这个缘故想把我溺死。”

“随你吧。”阿格凡说。

那只雕鸮醒过来前，他们正在谈论一些他们家族早年蒙受的苦难——有他们的外祖母伊格莲，她被亚瑟的父亲糟蹋；还有盖尔族与高卢族久已沉湮的宿怨，这是他们那只母兽在古老的洛锡安给他们的教导。就阿格凡的冷血看来，这些不公不义都太过遥远、混乱，不足以当成对付国王的武器。现在，他们谈到了最近的一项屈辱——亚瑟与他同母异父姐姐所犯下的罪，最后竟想要以谋杀他们生下的私生子来了结。这当然是比较强大的武器，然而问题是，莫

① 希腊十字（Flyfot），与佛教的卍字形类似，但每边弯角后突出部分较短，是中世纪常见的十字纹。纳粹所用的十字形徽纹也是源自于此。

桀本人就是那个私生子。这位兄长的脑袋比较狡猾，而他的怯懦告诉他，身为人子，很难以自己的私生子身份为号召，去推翻父亲。此外，亚瑟很久以前就让所有人都三缄其口了；现在由莫桀重提此事，似乎不是个好主意。

他们默然对坐，盯着地板。阿格凡的健康状况并不好，两眼底下都有眼袋。莫桀还是一样瘦，拥有最流行的纤细体型，身上夸张的服装是很好的伪装，让人几乎看不出衣服底下的歪斜肩膀。

他说："我并不觉得光彩。"

他痛苦地看向同母异父的兄长，目光中的弦外之音溢于言表。他用他的眼睛说："那么，看看我的驼背吧，我没有理由为我的出生感到光彩。"

阿格凡不耐烦地站起来。

"总之我得喝一杯。"他一边说，一边拍手叫来见习骑士，然后将颤抖的手指横在眼皮上，疲倦地站着，带着嫌恶之情看着那只猫头鹰。等酒来的时候，莫桀轻蔑地看着他。

"如果你去耙那堆老粪，"阿格凡说，香料甜酒提振了他的精神，"你会把自己惹得一身臭。你得记住，我们不是在洛锡安，是在亚瑟的英格兰，而他的英格兰人爱戴他。要么他们拒绝相信你，要么他们虽然相信你，但他们责备的人却是你而不是他，因为是你把事情给挑起来的。可以确定的是，任谁也不会追随这场谋反行动。"

莫桀看着他。此时他就像那只鸮一样恨阿格凡，并在心理谴责他的懦弱。他无法忍受有人阻碍他复仇的白日梦，因此他在脑中发泄他对阿格凡的恨意，并对自己说，这个异父兄长不过是家族里一个醉醺醺的叛徒。

阿格凡看出这一点，脸上露出笑容，这时他已经喝了半瓶酒来安慰自己。他拍着莫桀健康的那一边肩膀，要这个年轻人斟满他的酒杯。

“喝吧。”他说，然后吃吃地笑了起来。莫桀喝着酒，看起来像是只被下了药的猫。

“你可曾听说，”阿格凡滑稽地问，“有个很厉害的圣人叫蓝斯洛？”

他眨了眨一只泡泡眼，以一种仁慈的表情俯看莫桀的鼻子。

“继续。”

“我想你一定听过我们那位英勇的骑士。”

“我当然知道蓝斯洛爵士。”

“如果我说这位纯正的绅士让我们两个都落过一两次马，我想应该没错吧？”

“蓝斯洛第一次让我落马，”莫桀说，“已经是很久以前的事了，久到我都不记得是什么时候。不过那一点意义也没有。有人能用一根棍子把你推下马，不代表他比你优秀。”

这状况很奇怪，提到蓝斯洛，莫桀原本激动的情绪突然变得无所谓，而阿格凡原本有些不情不愿，现在则越说越顺。

“对极了，”他说，“而且我们这位高贵的骑士一直以来都是英格兰王后的爱人。”

“早在大洪水以前，大家就知道桂妮是蓝斯洛的情妇了，不过那又如何？国王自己也知道啊。就我所知，已经有人告诉过他三次了。我看不出来我们有什么办法。”

阿格凡把手指放在鼻子旁边，看起来像个喝醉酒的风笛手，接着他摇了摇弟弟的手指。

“是有人和他说过，”他说，“不过都讲得很迂回。他们给他暗示，像是在盾面画上有双关意义的图案，或是只有忠贞的妻子才能使用的角杯。不过，没有人公开在宫廷里当面告诉他。梅里亚格兰斯只做了概括性的指控，而且还是在战斗审判时说出来的。想想看，要是我们直接告发蓝斯洛，在新法的制度下会发生什么事？这样一来，国王就不得不去调查了。”

莫桀的眼睛亮了，就像那只鸮的眼睛。

“喔？”

“除了分裂以外，我看不出还有别种可能。亚瑟仰赖蓝斯洛作他的司令官和军队的主脑。那是他的权力来源，因为每个人都知道，残暴的力量无人可匹敌。不过，如果我们可以在亚瑟和蓝斯洛之间制造出因王后而起的有趣小误会，他们的力量就会分裂。接着就是玩手段的时候了，然后轮到罗拉德派[①]、民族主义分子和所有这类不满的乌合之众上场，最后，你就可以进行你那鼎鼎大名的复仇了。”

“我们可以让他们分裂，因为他们自己已经分裂了。”

“不过这意义可不仅止于此。”

“这意味着，我们康瓦耳人会为外祖父讨回公道，而我会为母亲讨回公道……”

---

① 罗拉德派（Lollard），十四世纪晚期追随将圣经从拉丁文译为英文的神学家约翰·威克里夫（John Wycliffe，约1324—1384）、要求罗马天主教改革的基督教派。

“……而且不用硬碰硬，只是用点大脑。”

“也就是说，我可以为我自己向那男人复仇，因为他想把当时还是个婴儿的我淹死……”

“……只要先揭穿那个恶霸干的好事，并且小心行事。”

“暗算我们那位声名远播的蓝斯洛……”

“……暗算蓝斯洛！”

情况是这样的（或许这也是最后一次详细解说了）：亚瑟的父亲杀了康瓦耳伯爵，而他杀这男人的理由是因为他想要享有他的妻子。伯爵被杀的那一晚，不幸的伯爵夫人便怀了亚瑟。而他仓促的出生，使得许多婚丧喜庆种种习俗措手不及，所以他被秘密送到野森林城堡，由艾克特爵士抚养。他长成一个十九岁的年轻小伙子，对父母仍一无所知。那时他遇上了摩高丝，却不知道她是他其中一个同母异父的姐姐，是伯爵夫人与那位被杀害的伯爵所生的孩子。他这位同母异父的姐姐，当时已经是加文、阿格凡、加赫里斯与加瑞斯的母亲，年纪是这位年轻国王的两倍——而她成功地引诱了他。他们结合所生下的孩子就是莫桀，他在蛮荒遥远的外岛、独自在他母亲身边长大成人。成长过程中，他一个人待在摩高丝身边，因为他的年纪要比家族里其他成员小得多。其他人都早已飞奔至国王的宫廷——他们不是受到野心所驱使（因为那里是全世界最伟大的宫廷），就是想逃离他们的母亲。莫桀被留下来，受她支配，与她心中对国王的怨恨为伴，她的怨恨不只承袭自祖先，也与个人情感有关。因为，虽然她设计引诱青年时期的亚瑟，但他从她身边逃走，并且娶桂妮薇为妻，安定下来。而摩高丝带着那个被留在身边的孩子，在北方盘算着，她专注地将母亲的力量加诸在那个驼背的孩子身上。她一下子爱他，一下子又忽略他，她是只贪得无厌的肉食动物，以狗、孩子和情人对她的爱为生。最后，她其中一个儿子在嫉妒的风暴中砍下她的头，因为他发现七十岁的她在床上和一个叫拉莫瑞克爵士的年轻男人在一起。她被暗杀，莫桀也有分，身处于可怕家庭的爱与恨之间，困惑不已。而今，在宫廷里，他父亲处心积虑要隐瞒他的出生背景。这不幸的儿子发现，他的身份被认定为是加文、阿格凡、加赫里斯和加瑞斯的兄弟，也发现母亲要他全心憎恨的国王父亲，却与他和善相待；他发现，对于一个太过简单直接、无法接受纯粹智力评判的文化来说，他是个残缺、聪明又好批评的人；最后他发现，他继承的是北方的文化，与南方鲁钝的道德文化永远水火不容。

第二章

为阿格凡爵士拿香料甜酒过来的见习骑士从回廊门走进来。他以夸张的宫廷礼鞠了两次躬（这是骑士修行过程中，见习骑士成为候补骑士之前应行的礼仪），然后高声道："加文爵士、加赫里斯爵士、加瑞斯爵士到。"

那三兄弟跟在他身后，喧闹地谈论着户外活动和各自近况。所以现在整族都到齐了。除了莫桀之外，他们都有妻子，不过被塞在某个地方，没人见过，而这群兄弟彼此也阔别已久。他们聚在一起的时候，会做些很孩子气的事，这些事还满有趣的，不至引人反感。或许在亚瑟的故事里，所有战士都带有某种孩子气——如果单纯坦率和孩子气是同义词。

家族之长加文领头走来，一只隼停在他的拳头上，身上还披着不成熟的羽毛。如今，这个体格结实的家伙满头的红发已然斑白，耳上毛发则是雪貂般的颜色，带点黄，很快就会转白。加赫里斯看起来很像他，或者说，至少他是众兄弟中和他最相像的，只不过他是个比较温和的复制品，头发没那么红、身体没那么强壮、体格没那么魁梧、个性没那么顽固。事实上，他还有点傻。纯正奥克尼血统的所有兄弟中，加瑞斯年纪最小，身上还保留着青春的踪迹。他走起路来一跳一跳的，仿佛正享受着生命的愉悦。

“啧！”加文粗哑的声音在门边响起。“已经在喝酒了吗？”他仍保有外岛口音，拒绝说纯正英语，不过已经没再用盖尔语思考了。虽然有违自身的意志，他的英语还是进步了。他越来越老了。

“这个嘛，加文，是啊。”

阿格凡知道有人不赞成他这番午前小酌，于是有礼地问道：“你今天好吗？”

“不坏。”

“今天很棒，”加瑞斯说，“我们带她去和蓝斯洛的候隼①一起做高空猎击，她真的很伶俐，我从没想过，她没有袋狐②也办得到！加文把她调教得很好，没有半点犹豫地往下扑，就好像她一直以来的目标就是那只苍鹭似的。她先漂亮地绕着白堡旁新堆的干草飞了一圈，接着在朝圣路的加尼斯侧抢到他的上方。她……”

加文发现莫桀故意打起呵欠来，于是说：“你可以把你那口气省下来。”

“真是一趟好飞行。”他下了一个不甚有说服力的结论，“既然她有能耐抓到猎物，我们应该给她起个名字。”

“你都怎么叫她？”他们纡尊降贵地问道。

“既然她是从蓝迪来的，以蓝斯洛来为她命名会是个不错的主意。我们可以叫她蓝斯洛姐之类的。她会是只一等一的游隼。”

---

① 候隼（Passager），此指在迁徙途中被捕获的游隼。

② 袋狐（bagman，bagfox），是一种装在袋子里，日后放到猎场给狗追的狐狸。

阿格凡眯着眼看加瑞斯，缓缓说："那你最好叫她桂妮。"

加文从中庭走了回来，他刚把那只游隼放在她的栖木上。

"别说了。"他说。

"如果我说的不是事实，那我道歉。"

"我不管那是不是事实。我要说的是，你要管住你的嘴。"

"加文真是位'英勇的骑士'，"莫桀对着空气说，"如果谁说了什么不好的话，就会惹上大麻烦。你看，他真强壮——而且，他在模仿伟大的蓝斯洛爵士。"

那名红发男子威严地转向他。

"我不算是很强壮，兄弟，而且我不打算利用这点优势。我只想要我的人民为人正派。"

"当然，"阿格凡说，"和国王的妻子睡觉是正派的表现，还有，即便国王的家族击垮我们的家族、让我们的母亲怀了孩子、又想把他淹死，都算是正派。"

加赫里斯抗议道："亚瑟一直都对我们很好。拜托，不要再发这些牢骚了。"

"那是因为他怕我们。"

"我不明白亚瑟干嘛要怕我们，"加瑞斯说，"蓝斯洛可是站在他那边的，我们都知道他是全世界最好的骑士，可以击败任何人。不是吗，加文？"

"就我个人而言，我不想谈这件事。"

加文的高傲口气激怒了莫桀，他突然对他们爆发。

"很好，但我想谈。在长矛比试上，我可能是个差劲的骑士，不过我有勇气为我的家族和权益挺身而出。我可不是伪君子。这宫廷里的每个人都知道王后和最高司令官是一对爱侣。我们应该做纯洁的骑士，要保护贵妇人，但是除了那个所谓的圣杯，所有人都对其他事三缄其口。阿格凡和我决定现在就去找亚瑟，当着整个宫廷的面，亲口问他王后和蓝斯洛的事。”

“莫桀，”氏族首领高声说，“你不能做这种事！这是有罪的！”

“他会的，”阿格凡说，“而且我会和他一起去。”

加瑞斯仍沉浸在痛苦与吃惊的情绪中。“他们是认真的。”他断然说出这句话。

那阵讶异平息之后，加文率先采取行动。

“阿格凡，我是一族之首，我禁止你这么做。”

“你禁止我这么做。”

“没错，我禁止你这么做。因为如果你这么做，你就成了可悲的笨蛋。”

“老实的加文认为，”莫桀下评论，“你是个可悲的笨蛋。”

这回，那个高大的家伙像马一般惊跳起来，转向他。

“我没那么说！”他咆哮道，“你以为你是个驼子我就不会揍你，让你占我便宜。要是你再嘲笑我，我一定揍你，疯子。”

莫桀听见自己的声音在说话，口气冰冷，似乎是从他耳后传来。

“加文，你真是吓坏我了。你居然能说出有见地的话呢。”

当那个巨人朝他走来的时候，同样的声音又说：“来啊，打我啊。这样就可以表现你的勇气。”

“噢，住口，莫桀，”加瑞斯恳求道，“一下子就好，你能不能别这样找人麻烦？”

“如果你们不蛮横，”阿格凡插嘴道，“莫桀才不会像你说的那样，找人麻烦。”

加文像新式大炮般爆发。他转身背离莫桀，像只中了圈套的公牛，对他俩咆哮起来。

“我的灵魂一定是给了魔鬼。你们不能安静、不能离开吗？我们这个家族就是没办法有点安宁吗？以上帝之名，别搞这些阴谋诡计，忘了这些蓝斯洛爵士的愚蠢闲话吧。”

“这不愚蠢，”莫桀说，“我们也不会忘记。”

他站了起来。

“那么，阿格凡，”他问，“我们去找国王吧？还有谁要一起来？”

加文挡在他们身前。

“莫桀，你不能去。”

“有谁要阻止我吗？”

“我。”

“真勇敢啊。”那冰一般的声音说，它仍然是从空中某处传来。随后，这个驼子移动脚步想要通过。

加文伸出指背上长着金色毛发的红色大手，将他推了回去，在此同时，阿格凡也伸出长着肥胖手指的白色手掌，按在他的剑柄上。

“别动，加文。我有剑。”

“你是有剑，”加瑞斯大叫，“你这恶魔！”

这个小弟发现自己的生命赫然落入一种模式。他们被谋杀的母亲、那只独角兽、眼前这名正在拔剑的男人和某个在储藏室里让短剑闪耀出光芒的孩子：这些事让他哭了出来。

“好了，加瑞斯，”阿格凡吼道，脸色白得像张床单。“我知道你的意思，我现在就拔剑。”

情况已然失控：他们的动作变得像木偶一样，仿佛这些事以前都发生过——也确实发生过。加文一见到剑，就盲目地暴怒起来，他转身背对莫桀，嘴里迸出一连串字眼，并且拔出他一直带在身边的猎刀，朝阿格凡逼近——这些是同时发生的。那个胖子像是被兄长的怒火逼得采取守势，从他面前往后退却，用颤抖的手握住身前的剑柄。

“喂，我漂亮的小屠夫，”加文吼道，“你很清楚他是什么意思。我们得向自家兄弟拔剑相向，因为你从来也没饶过那些手无寸铁的人。我用裹尸布诅咒你！拿起你的剑啊，老兄！拿起来！你是什么意思？杀了母亲还不够吗？该死的，你要么放下剑，要么就拿出勇气来战啊！阿格凡……”

莫桀拿着他自己的匕首，悄悄溜到加文身后。刹那间，刀光在阴影中闪动，那只鸮的眼睛反射出光芒；在此同时，加瑞斯跳上去阻止。他抓住莫桀的手腕，大喊：“够了！加赫里斯！把其他人看好。”

“阿格凡，把剑拿起来！加文，别管他了！”

“走开！我自己可以教训这只狗！”

“阿格凡，快点把剑放下，不然他会杀了你的。快点啊，老兄。别傻了。加文，别管他了。他不是认真的。加文！阿格凡！”

不过阿格凡给了这位家族之长无力的一剑，而加文轻蔑地用刀将这一剑打偏。这个鬓发已白的高壮老人冲上前来，拦腰抱住阿格凡。阿格凡向后一倒，压倒放着香料甜酒的桌子，他的剑铿啷落地，加文就压在他身上。刀子恶毒地举起，想完成任务，但是加赫里斯从后面抓住了刀。整个场面有一股戏剧性的静默，所有人都一动也不动。加瑞斯抓着莫桀。阿格凡用还能自由活动的手遮住眼睛，想躲开那把刀。加赫里斯则抓着那只复仇之手，让它悬在半空中。

就在这难分难解的时候，回廊的门再次打开，那位彬彬有礼的见习骑士如同先前那般不带感情地宣告："国王陛下驾到！"

所有人都放松下来。他们放开自己原先抓着的东西，开始移动。阿格凡喘着气坐起来，加文转身背对他，抬起一只手遮脸。

"上帝哪！"他低语道，"但愿我没有这种病态的怒火！"

国王已经来到门口。

他进门，这个长久以来都尽其所能把事情做到最好的沉静老人来了，看起来显然比实际年龄要老上许多。他高贵的眼睛眨也不眨地看着眼前的情景，然后跨越回廊，温柔地亲吻莫桀，并对他们所有人微笑。

第三章

蓝斯洛和桂妮薇正坐在日光室的窗边。只从丁尼生之辈的作品去了解亚瑟王传奇的现代人，会很惊讶地发现，这对众所周知的情侣已然走过了生命的巅峰。而我们这些由罗密欧与朱丽叶这类传统少男少女浪漫故事来解读爱情的人，若是能回到中世纪，将会大感惊奇。在那个时代，歌咏骑士的诗人会这样描述真正的男子汉："在天唯上帝，在地唯女神"[①]。当时的人不与青少年谈恋爱，因为他们经验老到，有自知之明。那个年代的人以生命相爱，没有离婚法庭和精神科医师等方便事物可用。他们在天堂有上帝，在人间有钟情的女神。此外，由于献身诸位女神的人必须奉行该神祇的戒律，所以他们的抉择并非只基于肉体的短暂标准，也不因脆弱的肉体开始衰败就轻言离弃。

蓝斯洛和桂妮薇坐在高塔的窗边，亚瑟的英格兰在他们脚下延伸开展，沐浴在地平线上的落日余晖中。

这是中世纪（也就是大家习称的黑暗时代）的格美利，造就

---

① 原文为 en ciel un dieu，par terre une déesse（one sky one god，for the earth one goddess）。

它的人，就是亚瑟。这位老国王刚登基时，英格兰还充斥武装贵族、饥馑与战争。在这个国家里，有使用红热铁具的神裁审判[①]，有英格兰式的法律，还有《红色沼泽》[②]这样的无言歌。那时，但凡异国船只所到之地，海岸上连一只动物、一棵果树都不会留下。后来，最后残存的撒克逊人在沼泽和广茂的森林中抵御征服者尤瑟的暴政，而"诺曼人"与"贵族"也和现在印度语的"大人"成为同义词。而后勒威林·艾葛里菲[③]的头戴着象牙王冠，在伦敦塔的长钉上腐朽。此后，你会在路边碰上托钵的乞丐，以及左手拿着右手的伤残人士，身旁还跟着碎步奔跑的林犬，它也少了一根脚趾（这样一来他们就不能在领主的林地中打猎）。亚瑟初来乍到时，这里的农民习惯每晚把自己关在自家小屋里，像是碰上围城似的，并且在黑暗中向上帝祈求和平，屋主会重复念诵海上有暴风雨逼近时所用的祈祷文，并在后面加上"上帝祝福我们、帮助我们"等请求，在场的其余人都会回以"阿门"。亚瑟统治初期，你会在贵族的城堡里发现，有人被剜去肠子，还未死透的肠子就放在他们面前烧；有人会被剖开来，看是否吞了贵族的金子；有人被凹陷的铁马嚼子钳住嘴巴；有人被倒吊起来，头顶熏烟；还有人被丢进蛇坑，

---

① 神裁审判（trial by ordeal），中古世纪欧洲人普遍相信神会帮助无辜者，因此受审者必须进行类似将手放入沸水等行为，若没受伤或受伤很快痊愈，才能证明自己无罪。

② 红色沼泽（Morfa Rhuddlan），威尔士语，地名，在威尔士东北部克卢伊德河（River Clwyd）出口处，威尔士人与撒克逊人过去曾在此地发生多次战争。它同时也是一首威尔士民谣的名字。

③ 勒威林·艾葛里菲（Llewellyn ap Griffith）。"ap"为威尔士语中"某某之子"的意思，故此名意为"葛里菲之子勒威林"。勒威林为十三世纪时期的人物，带领威尔士人反抗英王亨利三世，最后被封为威尔士亲王。亨利死后，继位的爱德华一世重与勒威林为敌，勒威林于一二八二年被俘砍头，头颅挂在伦敦塔上。

或者头缠皮制止血带，或者被塞进装满石头的箱子弄断骨头。要了解那块土地的模样，只要去找那个年代的文学作品，其中杜撰着金雀花家族[①]与卡佩王族[②]之类的王族故事。传说中的国王有的像约翰，习惯在晚餐前吊死二十八名人质；或如菲利普，有一票锤矛军队保护他，这是一个用锤矛来护卫主子的暴风骑兵团；如路易，他在受刑台砍下敌人的头，并强迫敌营的孩童站在鲜血四溅的刑台底下。这些都是考伊兰的伊格夫[③]经常讲述给我们听的故事（不过后来才发现他是个冒牌货）。之后来了一群绰号“剥皮恶棍”的大主教，把教堂权充要塞，在满是尸骨的墓园中掘出壕沟；技巧精进的杀手开出价目表，被教堂拒于门外的人曝尸街头，饥饿的农民嚼草根、咬树皮，甚至互食（其中一人吃了四十八人）。他们一手烧烤异教徒（曾经一天之内烧死四十五名圣殿骑士[④]），另一手用掷石器将俘虏的头投入被围困的城堡。这里有个带头反抗的农民领袖身体被铁链绑着，他不停挣扎，头上还戴着一只烧红的三脚架。这里还有个教宗抱怨不休，因为有人抓他求取赎金，那里有另一个教宗扭个不停，因为有人对他下了毒。财宝铸成金条，用水泥埋进城堡的墙垣，完工后再将建筑师处死。在巴黎街道上玩耍的孩子玩的是治

---

① 金雀花家族（Plantagenet），在一一五四至一三九九年间统治英格兰及法国部分领土的王族，著名的狮心王理查即金雀花王朝的第二位君主。

② 卡佩（Capet），在九八七至一三二八年间统治法国的王族，最后一任国王是查理四世，他死后，卡佩家族绝嗣，英王爱德华三世宣称自己有权继承法国王位，与法王腓力六世开战，演变为英法百年战争。

③ 考伊兰的伊格夫（Ingulf of Croyland，？—1109），林肯郡考伊兰修道院院长，曾是征服者威廉的左右手，著有《考伊兰僧院史》（*Historia Monasterii Croylandensis*），不过该书后半多为后人续作。

④ 圣殿骑士（Templar），十二世纪初期耶路撒冷的宗教性军团，主要职责是保护朝圣者和圣墓。

安官的尸体，其他人（有女人和老人）在受围的小镇墙外挨饿。胡斯和杰罗姆[①]头戴叛教的礼冠，在火刑柱上燃烧，嗞嗞作响。朱密日的跛脚白痴顺着塞纳河漂流而下[②]。在吉尔斯·德·莱斯的城堡中发现了成吨的孩童尸骨，都已烧成灰烬；在这之前，他每年杀害两百四十名孩童，一共持续了九年[③]。一场战役中牺牲了八百名步兵的悔恨让贝里公爵[④]失去众望，最后连王国也丢了。年轻的圣普罗伯爵[⑤]学习战争技艺的方法是：获得二十四名活生生的囚犯，练习用各种方式杀死他们。另一位虚构的君主路易十一，将那些讨人厌的主教关在相当昂贵的笼子里。罗伯特公爵[⑥]被手下的贵族冠上“伟大”之名，但教区居民给他的名号则是“恶魔”。亚瑟到来之前，平民百姓过着这样的生活：有城镇在一周内被狼群吃掉十四人；有

---

① 胡斯（Jan Hus，1369—1415），波希米亚的天主教神学士，在布拉格大学任教。他反对当时教宗出售赎罪券的行为，最后被打为异端，判处火刑。公认为马丁路德宗教改革的先驱。杰罗姆（Jerome），胡斯的追随者，在胡斯死后一年也被处死。

② 朱密日（Jumi[e']ges），法国诺曼地鲁昂一带的地名。传说法王克洛维二世（Clovis II，637—655/658）娶了撒克逊女子芭蒂德（Bathilde）为妻，生下五个儿子，但历史上仅有三人留名，这是因为信仰虔诚的国王将国家交给王后治理，自己出去寻访圣迹，国内贵族却煽动他的两个儿子叛变。最后叛变敉平，国王复位，王后判决要截断这两个儿子的后脚筋（即阿奇里斯腱）。残废的两个儿子转而寻求宗教的慰藉，因不知选择哪一间修道院，于是由王后将两人放到塞纳河中漂流，他们随着河水来到朱密日的修道院，为修道院长收留，后与父母言归于好。根据历史考据，此一传说非真，因克洛维二世早逝，三名儿子轮流掌政，无人进入修道院修行，也无叛变情事。

③ 吉尔斯·德·莱斯（Giles de Retz，1404—1440），又名Giles de Rais，法国贵族，是圣女贞德的战友，百年战争结束后被誉为民族英雄，之后他埋头研究炼金术，残杀了三百多名孩童，童话故事《蓝胡子》就是以他为蓝本。

④ 贝里公爵（Duke of Berry，1340—1416），法王约翰二世之子，查理五世之弟，是慷慨的艺术赞助者，但不孚人望。

⑤ 圣普罗伯爵（Cunt of St. Pol），法国的休二世（Hugh II，1083—1130）年轻时的封号，他曾参与第一次十字军。

⑥ 罗伯特公爵（Duke Robert），理查二世之子，也是征服者威廉的父亲。

三分之一人口死于黑死病；有人的尸体“像培根一样”被装袋掩埋；有人晚上只能躲在森林、沼泽和洞穴避难；有些人活了七十年，碰上四十八次饥荒；人们仰赖那些名为“天地之主”的封建贵族，还要被不能杀生的主教拿着铁棒痛打。他们大声哭泣，认为基督和他的圣徒都睡着了。

“为何，”这些贫苦的人悲哀地唱着：

为何我们如此不幸？
我们一样都是人呀。①

亚瑟继承的就是这么一个惊人的现代文明。不过，它并不是横亘在这对情侣眼前的文明。当下，他们眼前苹果绿的日落景象是安全的，中世纪传说中的快乐英格兰就在他们眼前展开，没有那么黑暗。蓝斯洛和桂妮薇此刻所注视的，是一个注重个人的年代。

骑士的年代真是令人着迷！每个人都忠于自己，忙着实现人性的奇思异想。在他们窗前延伸的景色有种特别的风情，是由许多意料之外的人事物组成的骚乱景象，你根本不知该如何着手描述。

黑暗的中世纪啊！十九世纪已贴上厚颜无耻的标签，而在亚瑟的格美利，窗外的阳光在僧院与修女院中上百块有如珠宝的彩绘玻璃上燃烧，在教堂与城堡的尖塔上跳舞，而这些建筑物都是建造者真正喜爱的作品。在他们那个黑暗时代，建筑是一股能在心中带来光明的热情，所以男人会为他的要塞取个昵称。在人们会把投石器

① 原文为法文：Pourquoi nous laisser faire dommage？Nous sommes hommes coome ils sont.

命名为“美丽”、“愉快”和“马洛伊辛”（意为恶邻居）的年代，蓝斯洛的“欢乐堡”还不算太稀奇。在这个年代，为疮所困的虚构笨蛋狮心王理查把他的城堡叫做“活泼”，而且称为“我美丽的一岁女儿”。甚至那位传奇恶棍征服者威廉也还有另一个小名：“大建筑家”。想想那些染透了五种瑰丽色彩的玻璃，这些玻璃比我们现在的玻璃要来得粗糙，来得厚，尺寸也较小。他们对彩绘玻璃的热切喜爱不亚于投注在城堡上的热情，维拉尔·德·奥内库尔[①]在旅途中受某个特别美丽的样本吸引，因而停下来画画。他这么解释：“我是在旅途中服从召唤，来到匈牙利的土地，画下了这扇窗，因为所有窗子里我最喜欢这一扇窗。”想像一下那些古老教堂，里头的装潢可不是我们所习惯的灰暗颓圮，这些教堂的内部色彩斑斓，墙上描绘的所有人物都踮脚站着，绣毯或巴格达织锦画摇曳飘动。想像一下从桂妮薇的窗户可以看见的那些城堡内部，这些城堡已经不是亚瑟登基时的阴森堡垒，里面陈设的家具是由细木工匠手工制作，而非出于一般木工之手；在无门的墙上，阿拉斯鲜艳柔软的挂毯微微起伏，这些有圣丹尼斯长矛竞技图案的绣毯，虽然足以覆盖四百多平方码的空间，织成时间却不到三年，很有创作的热忱。时至今日，如果仔细观察这些废弃的城堡，有时还可以发现以前用来悬挂那些华丽绣毯的钩子。各位也该记得，洛林的金匠把圣祠做成小教堂的形状，有侧廊、雕像、耳堂[②]，一应俱全，就像娃娃屋；还有，里摩日的珐琅工匠和内填珐琅工艺、德国的象牙雕刻家以及爱

---

① 维拉尔·德·奥内库尔（Villars de Honnecourt），十三世纪的法国建筑师，以旅行途中的素描著名。

② 耳堂（Transept），十字形教堂中短轴两边的小厅，一译袖厅。

尔兰金属石榴石镶嵌工艺。最后，如果你愿意想像一下那些创作艺术在我国著名的黑暗时代中所产生的激荡，你必然会扬弃书写文化是随着君士坦丁堡陷落才传入欧洲的说法。在那个年代，每个国家中的每个教堂执事都是文化人士，这是他们的工作。"每个字母，"一位中世纪修道院院长说，"都会在恶魔身上打出一道伤口。"早在九世纪时，圣皮库耶的图书馆[①]就有二百五十六卷藏书，包括维吉尔[②]、西塞罗[③]、泰伦斯[④]和马可比斯[⑤]的著作。查理五世[⑥]的藏书超过九百一十卷，所以他的私人藏书与今日的"万人文库"[⑦]等量齐观。

那扇窗外的最后一样东西就是人类——这是各种奇特事物的混合体，看起来闪闪发光，自以为拥有躯体与所谓的灵魂，并以最惊人的方式满足二者的需求。有个魔法师爬上了教宗的王座，他就是西尔维斯特二世[⑧]，此人恶名昭彰，因为他发明了时钟。有位虚构的法国国王罗伯特，不幸被逐出教会，结果家事的安排出了大麻烦，

---

① 圣皮库耶（St. Piquier），应作 St. Riquier，加洛林王朝时的教堂，当时有二百五十六本藏书，并曾提出图书馆的修建案。

② 维吉尔（Virgil，即 Publius Vergilius Maro，70B.C.—19B.C.），古罗马最伟大的诗人。

③ 西塞罗（Cicero，即 Marcus Tullius Cicero，106B.C.—43B.C.），古罗马知名雄辩家、政治家。

④ 泰伦斯（Terence，即 Publius Terentius Afer，195/185B.C.—159B.C.），古罗马剧作家。

⑤ 马可比斯（Macrobius，即 Ambrosius Theodosius Macrobius），拉丁文学者及哲学家，生平不详，但活跃于西罗马帝国洪诺留皇帝（Honorius）和东罗马帝国阿卡狄乌斯（Arcadius）在位时（约 395—423）。

⑥ 指法王查理五世（1338—1390）。

⑦ 万人文库（Everyman Library），是指英国和美国在一九〇六年开始出版的一系列平价经典书籍。

⑧ 科学家热拜尔（Gerbert）就是日后的教皇西尔维斯特二世（Sylvester II，999—1003 年间在位），是中世纪最杰出的教皇之一，不仅发明全齿轮的机械式时钟，其余成就还包括：提倡"农业制度"，照顾农民的生活；让波兰脱离德国成为独立国家；并把福音传到北欧，使挪威的海盗成群信基督教。他让各修道院的院士"选出"自己的院长，而非过去由教皇派任。他最早定出"选举"制度。他与当时的政治领袖保持平行又不相属的关系，把脚跨政治与教会的主教全部开除。他大力提倡兴建学校与平民教育。

不但只有两个仆人经说服后才愿意帮他煮饭，他们还坚持饭后要把炖锅拿去烧掉。一位坎特伯雷大主教曾经一怒之下将所有圣保罗大教堂的领俸执事都逐出教会，还冲进圣巴托罗缪修道院，在礼拜进行到一半时敲昏修道院的副院长，造成一阵骚动，结果他的外袍在骚动中被扯了下来，露出底下的铠甲，最后他只得坐船逃到兰贝斯去。安茹伯爵夫人[1]总习惯在弥撒最后该捐献时消失在窗外。朵蒂·德·莎兰诺夫人拿她的耳朵当手帕用，眉毛还长到可以像银链那样垂到肩后。在虚构的爱德华一世时代，一位巴斯的主教在一般的考评后被判定不适合担任大主教的职务，因为他有太多私生子——不是只有几个，而是真的太多；不过这位主教远远不及亨内伯格伯爵夫人[2]，她突然一次生了三百六十五个孩子。

这是丰饶的年代，是任何事都铆足全力去做的年代。或许是亚瑟将这个想法加诸于基督教国家，因为在梅林的教导之下，他所学习到的就是富足。

这位国王是骑士道的守护圣徒（至少马洛礼是如此诠释他的形象）。他不是五世纪时穿着成套铠甲或涂上靛蓝战彩乱跳的可悲大不列颠人，也不是那些给晚年的马洛礼带来许多困扰的波兰新贵成员。亚瑟是骑士精神之王，骑士道的菁华可能早在我们这位作者开始工作的两百年前就已绽放。他是中世纪所有美好事物的象征，而

---

① 安茹伯爵夫人（Countess of Anjou，1101—1167），传说为亨利二世之曾祖母，貌美却来历不明。伯爵发现妻子极少上教堂，就算去了也捐献甚少，听完福音就离开教堂。为了调查真相，伯爵派四名侍从强押她上教堂，轮到要奉献时，伯爵夫人挣脱侍从的钳制，从礼拜堂的窗户跳出去，据说当时雷声大作，发出硫磺的难闻气味。其后裔狮心王理查常对手下骑士提起此事以自娱，说出“既是恶魔生，应往魔道行”的评论。

② 出自亨利·皮强（Henry Peacham，1576—1643）所著之 *The Valley of Varietie*。

这些事物，都是他一手建立的。

正如马洛礼的形容，在这段误呈的历史中，英格兰的亚瑟是文明的战士。在那个年代，骑士的农奴并不是没有希望的奴隶，相反，他至少有三个合法的晋升管道，其中最伟大的，就是天主教会。在亚瑟的政策协助下，这教会（它目前仍是全世界免费开放给知识分子的最大团体）有如一条对底层奴隶开放的高速公路。教宗亚德里安四世原是撒克逊农民，教宗格里高利七世①则是木匠之子。在受人鄙视的中世纪，只要你肯学习，就能成为世上最伟大的人。如果你相信亚瑟的文明教化与我们闻名遐迩的科学社会相比失色，那你就错了。那个时代的科学家虽然碰巧被称为魔法师，但是他们发明的事物和我们发明的东西一样令人敬畏，只不过我们因为长久接触，已经对他们的发明习以为常。那些伟大的魔法师，像是大阿尔伯特、培根修士和雷蒙·卢尔②，他们知道一些现已失传的秘密。有一样他们在无意中发现的东西也成为重要的文明日用品，就是火药。他们因其学问而获得荣誉，大阿尔伯特更当上主教。有个人叫

---

① 格里高利七世（Gregory VII，1020/1025—1085），一〇七三至一〇八五年间在位，主张改革的教宗中最伟大的一位，因主教叙任权，与亨利四世展开权力斗争。格里高利七世下令革除亨利四世教籍，逼使亨利四世屈服，一〇七七年亨利四世前往卡诺撒（Canossa）堡赤足恳求教宗赦免，被视为教会的胜利。三年后亨利四世卷土重来，罢免格里高利七世，另立新教宗，同时间有两位对峙教皇共存。亨利四世率军围困罗马城两年之久，格里高利七世于一〇八五年卒于逃难中。

② 大阿尔伯特（Albertus Magnus，1192—1280），德国人，道明会（Dominican Order）神父，认为神学与科学应当并存，是罗马天主教的三十三位教会圣师之一。培根修士（Friar Bacon，即 Roger Bacon，? 1220—1292），英国哲学家、炼金术士，是首位详述火药制造流程的欧洲人。提倡实证主义，后来因推广阿拉伯炼金术而遭教会囚禁多年，出狱后不久便去世了。雷蒙·卢尔（Raymond Lully，1232—1315），即《残缺骑士》中“神奇的卢尔”，只是姓名拼法不同。

做施洗者波塔[①]，似乎还发明了电影——不过他很明智地决定不继续发展这项技术。

至于飞行器，十世纪时就有个叫艾森默[②]的修士做过实验，要不是在调整尾部时出了意外，可能就成功了。他的坠毁，“是因为，”马姆斯伯里的威廉[③]说，“他忘了调整后面的尾巴。”

即使是在现代，黑暗时代也离我们不远。至少他们为自己喝的浓烈鸡尾酒取了很响亮的名字：“爆帽”、“疯狗”、“婊子生的神父”、“天使的食物”、“龙奶”、“关门大吉”、“跨步”以及“抬腿”。

窗外景色赏心悦目，不过有时也很奇特。我们会用树篱围起来的田野和风景区，他们却是作为村落、荒地、沼泽和大片森林。谢伍德森林从诺丁汉到约克中部，绵延了数百英里。这座岛一直都很繁忙，忙着养蜂、忙着赶走秃鼻鸦，还要忙着赶牛犁田，说到这里，你一定要去看看《鲁特瑞尔诗篇》[④]，里面用美丽的图画画出了这些景象。在那个年代，如果你喜欢奇特事物，或许有幸看到全副武装的骑士骑马从窗外走过，你会注意到他的头，耳上一圈和后面的头发全都剃掉了，顶部的头发则像日本玩偶那样直竖起来，所以

---

① 施洗者波塔（Baptista Porta，即 Giambattista della（John Baptist）Porta，1535—1615），意大利科学家，对博物学和物理学颇有研究，也从事写作。他发明了照相暗箱，似乎也做出了类似望远镜的东西。

② 艾森默（Aethelmaer，？—1072），坎特伯雷大主教。

③ 马姆斯伯里的威廉（William of Malmesbury，1095/96—1143），英国历史学家，以拉丁文书写《英王编年史》及《现代史》。

④ 《鲁特瑞尔诗篇》（*Lutterell Psalter*），一份十四世纪的手稿，由一位富有的领主杰佛瑞·鲁特瑞尔（Geoffrey Luttrell）委制，以图文呈现许多圣经故事和田园生活。现藏大英博物馆。

整颗头看起来像是农家面包[①]。戴上头盔，这种头顶堆发的发型就是绝佳的避震器。下一个从窗外经过的人可能是个教堂执事，说不定还骑着一匹慢马，这一位的发型恰恰与前一位骑士相反——由于教会有剃发仪式，他的头顶光秃一片。若想成为教堂执事，首先就要带着剪刀去找主教。接下来，如果你想要某些奇特的人骑马经过窗前，可能会看到一个誓言要解放上帝之墓的十字军。当然，你已预想他的外衣上会有十字架，不过你可能还没发现，这整件事情实在让他欣喜若狂，所以他全身上下只要可装上之处，皆是那符号。他就像刚刚当上童子军那样兴奋无比，他会把十字架钉在他的纹章盾牌上、外衣上、头盔上、马鞍上，甚至勒马绳上。接着经过窗前的人可能是熙笃会[②]的庶务修士之辈，从衣着看来，你可能会认为他是个博学的人，不过事实并非如此，由于职务的关系，他其实是个文盲。他的工作是在教宗的诏书黏上封铅，而为了守住教宗的秘密，他们得确定他目不识丁才行。现在可能来了个撒克逊人，蓄着胡子，头戴类似佛里几亚帽的帽子，作为挑衅的象征；然后是一名来自北方苏格兰与英格兰交界处的骑士，他以夜袭为生，所以深蓝色外衣上缀着月亮和星星。在这片景致当中，可能会有一些烟雾从炼金术士的风箱里冒出来，炼金术士是最聪明的人，想把铅变成金子——虽然我们现在有了原子融合，离这个目标更近一些，但这项技术仍然不是今日人类所能完成的。远处的僧院周遭，你可能会看到一列愤怒的僧侣，赤着脚，绕着僧院走——不过，因为他们和院

① 农家面包（cottage loaf），英国传统面包，由一大一小两个圆面团叠合（大的在下）入炉烘烤而成。

② 熙笃会（Cistercian），天主教修会，主张安贫、禁语、茹素等教规。

长闹翻了，所以可能正一边骂着，一边顶着太阳走路。如果你往这方向看，可能会看到一座葡萄园，四周用骨头围起隔篱（在亚瑟统治早期，有人发现骨头能造很好的围篱，不仅是葡萄园、墓园，甚至是堡垒的）。另外，如果你往另一头看，可能会看到一座城堡的门，看似城堡主人的绞刑架，上面钉满了狼、熊、雄鹿等动物的头。远处，从那里往左边看，可能就有依照杰弗瑞·德·普利设立的规则进行的竞技会战，纹章王官会仔细检查那些战士，确定他们没把自己黏在马鞍上，就像是拳击赛前裁判的例行公事。在假想的爱德华三世统治期间，有个裁判在某位索斯伯里伯爵与一位索斯伯里主教决斗的场合发现，主教的战士铠甲底下，全身都绣满了祷文和咒语——这几乎就和拳击手在手套里藏了马蹄铁一样糟。窗台底下，有一对罹患便秘的教廷大使阴沉地骑着马要回罗马，这两人原本带了诏书，要将巴纳巴斯·维斯康提逐出教会，但是巴纳巴斯逼他们把诏书吃了下去——包括羊皮纸、丝带、封铅，全都吃下去了。紧跟在他们后面走来的人，可能是一名专业朝圣者，他撑着一根盘曲错节、尖端包有金属的结实手杖，像是根登山杖，杖上沉沉压着几块受过祝福的纪念章、圣徒遗物、贝壳、汗巾等物。他会自称是个游方僧；如果他是个遍游各地的旅人，那么他的圣徒遗物可能会包括：天使加百列的羽毛、几块烧烤圣劳伦斯的煤炭、圣灵"完好如初"的手指、"一小瓶圣米迦勒与恶魔对战时的汗水"、一小撮"上帝对摩西说话时所在的灌木丛"、圣彼得的背心，或是某个保存在瓦辛汉[1]的受祝福的处女乳汁。在这位游方僧后面徘徊的

① 瓦辛汉（Walsingham），英格兰东部城市，圣母曾在此显现，是著名朝圣地。

人，可能并非善类，也就是那些个“白天睡觉晚上警戒，吃好睡好却身无长物”的家伙。他也许是个强盗，他们这么描述他：

> 对强盗来说，失风被逮，这是法律；
> 将被吊死，心中无憾，随风摇摆。[①]

但是，在他最后一次随风摇摆之前，他过着自由的生活。他的伴侣坚定地走在他身边，也有人悬赏她的项上人头。她剪去头发，进入森林，成了逃犯。她偶尔会回头看，警戒着要捉拿他们的喊叫声。

这里可能来了一名贵族，他小心翼翼将一块热馅饼拿在身前，因为他每年都要将这样的一块馅饼送进宫里给亚瑟王闻上一闻，以作为他的封建义务。那边可能有另一名贵族竭尽全力追在飞龙之类的生物后面，之后他可能会“砰”地从马上摔下来，他的马径自踱步离开。不过，如果他真落得这样下场，他的一个仆从会立刻把他扶到自己的马上去（我们今天也会这样对待猎犬专家），因为这是封建法的规定。在遥远的北方，逐渐黯淡的日落中，可能会有某个忙碌的女巫突然点亮小屋的灯光，她不只为她讨厌的人制作蜡像，在她用钉子钉人像以前，她还会帮这些蜡像受洗——如此一来才会有效。她那些担任圣职的朋友之中，有一位（顺道一提，此君曾去找过那位小主人[②]）愿意替任何一个你想解决的人举行安魂弥撒——

---

① 出自十五世纪的英诗 *The Nut-Brown Maid*。

② 指恶魔。

而且，当他讲到“我主，使他永享安息”时，尽管那人还活着，但他说到做到。在同样遥远的西方，你可能会在同样的日落时分看到在鹫丘①搭起巨大绞刑台的恩格兰·德·马里尼②，此时他本人也因使用黑魔术被判有罪，在同一座绞刑台上腐朽，发出喀啦喀啦的响声。贝里公爵和不列塔尼公爵这两个体面的年轻人，可能穿着仿铁甲的绸缎甲衣，一路小跑步过来。这两人不想用铠甲占人便宜，而且发现绸缎穿起来比较凉快，所以他们决定要勇敢做个普通人。蓝斯洛可能也干过同样的事。在他们上方的山丘旁（他们看不到之处），快乐无比的瓦特③可能就坐在那里，焦油盒子放在身边。他是格美利最典型的人物，那些焦油有消毒的作用，能防止他的羊受感染。要是你告诉他“别为了焦油这种不值钱的东西劫船”，他会马上同意你的看法——因为这句俗语是他发明的，只是我们把羊转译成船了。

在更加遥远的远方，可能有个破产的人正在莫斯科市场乱摔乱打——不是出于自我厌恶，而是他热切希望，如果他喊得够大声，那些混杂在人群当中的亲朋好友就会同情他，出面为他还债。往南到地中海内湾，可能会看到有个渔夫因为赌博受狮心王理查的法律惩罚，这项处罚包括从主桅被扔进水里三次，若是看到腹部入水，他的伙伴就会欢呼。第三种绝妙的处罚方式可能就发生在你背后的市场里。如果酒商卖劣酒，他会被架上颈手枷，被迫灌下大量他自

① 鹫丘（Montfaucon），巴黎近郊的山丘，古代为处刑地，在大革命期间设满了绞刑台。

② 恩格兰·德·马里尼（Enguerrand de Marigny，1260—1315），法王腓力四世的重臣，在对外政策及教会问题上十分受倚重。

③ 快乐无比的瓦特（Joly Joly Wat），英国民谣 *Jolly Wat* 中的牧羊人。

已卖的酒，之后，剩下的酒会倒在他头上。他隔天早上头一定会很痛！往这个方向，你会看到那位活泼姑娘爱丽森，她在得到乔叟描述的那个不寻常的亲吻之后大笑："嘻嘻！"如果你刚好是个胸襟开阔的人，你可能会被逗得很乐。往那方向，就像那位管家在他的故事里所说，你可能会看到一位生气的磨坊主人和他的妻女，他们想把昨晚因为摇篮移位而发生的怪事弄个明白[①]。有个运气很好的年轻学生取得先机，用一门新式大炮射死了索斯伯里伯爵；在那所僧院学校的运动场上，他可能会因此被学者同伴视为偶像。运动场边的梅树（这和梅林的桑椹一样，都是后来才引进）花朵可能正在月光下凋落。而另一个小男孩（这回是个年仅四岁的苏格兰国王）可能正难过地签署一份王家委任书给奶妈，让她有权揍他且不会被冠上叛国罪名。有一支恶名昭彰的军队，过去是以剑为生的精良小队，现在可能正挨家挨户乞讨面包（对军队来说，这真是个好下场）；而一个躲在东边的教堂寻求庇护的人，只要踏出门外半步，腿就会被砍断。在同一间庇护所中，聚集了一群制造伪币的人、小偷、杀人犯和欠债的人，他们不是忙着筹划离开，就是磨利刀子，准备晚上出门；他们在这平和又与世隔绝的教堂里是不会被逮捕的。如果他们离开庇护所，最糟的状况就是遭放逐。这么一来，他们就得走路去多佛，不但一路都要走在路中央，手里还得拿着十字架（只要他们放手，你就可以打他们）；到了多佛，如果他们没办法立刻弄到一条船，就必须每天走到海里去，让水淹到脖子上，来证明他们确实有尝试过海。

---

① 分别见乔叟《坎特伯雷故事集》中《磨坊主人的故事》与《管家的故事》。

你知道吗？桂妮薇窗外所看见的黑暗时代，有非常多世俗礼仪规范，所以天主教会可以强迫大家停止一切战事——他们称之为“休战运动”①，从星期三持续到星期一，同时整个降临节②和四旬斋期间都必须休战。你是否认为，因为他们有战争、饥荒、黑死病和农奴制度，而我们面对的是大战、封锁线、流行性感冒和征兵制，所以他们的生活比我们要来得蒙昧？就算他们蠢到会相信地球是宇宙中心吧，我们不也相信人类是万物之灵吗？如果要花上一百万年，鱼类才会变成爬虫类，我们人类能否在短短几百年间跳脱成见呢？

---

① 休战运动（The Truce of God），十世纪晚期，教会颁布一些规定来规范杀戮，要求交战双方在下列规定时间当中必须休战：复活节、四旬斋、降临节以及星期三日落时分到星期一日出时分。

② 降临节（Advent），从圣诞节前四个星期的星期日起，至圣诞节止，是教会的新年。

第四章

蓝斯洛和桂妮薇从高塔的窗户俯瞰骑士年代的夕照，落日余晖衬着他们的黑色剪影，历历分明。蓝斯洛这个丑陋老人的影子轮廓形似滴水嘴石兽，看起来就像是现今巴黎圣母院屋檐上沉思的怪物。不过，随着性格成熟，丑陋的外表比以往更加高贵。丑恶的线条隐没安息，成为力量的曲线。蓝斯洛跟牛头犬这种最表里不一的狗一样，也长了一张能博得信任的脸孔。

动人的是，这两人正在唱歌。他们的声音已不复充满年轻的力量，但仍紧抓着曲调。他们声音微弱，但纯净，两人彼此扶持。

"五月到来，"蓝斯洛唱道：

"白昼阳光普照

大放光明

我不再害怕争战。"

"当，"桂妮薇唱道：

"当每日循轨道

奔跑的阳光
不再明亮
我不再害怕夜晚。”

“但是，噢，”两人合唱：
“但是，噢，不论昼夜

我心愉悦
终将精疲力竭而去
所有力量，终将归去。”

他们停了下来，那架可携式风琴发出一个出乎意料的优雅音符，接着蓝斯洛说：“你的声音很棒，恐怕我的声音是越来越沙哑了。”

“你不该喝烈酒的。”

“这么说太不公平了！圣杯探险之后，我几乎成了个禁酒主义者。”

“这个嘛，我是希望你一滴也不要沾。”

“那我就连水也不喝了。我会在你脚边渴死，然后亚瑟会为我举办一场很盛大的葬礼，而且他会因为是你逼我而永远都不原谅你。”

“是啊，然后我会为了赎罪到尼姑庵去，从此过着幸福快乐的日子。现在我们唱些什么好呢？”

蓝斯洛说：“别唱了。我不想唱歌。来，珍妮，坐近一点。”

“你为了什么事不开心吗？”

“没有，我这辈子从来没有像现在这么开心过。而且我敢说，我以后应该也不可能这么快乐了。”

“为什么你这么快乐呢？”

“我不知道。因为春天终究还是来了，我们眼前就是明亮的夏天。你的手臂又会再次晒成棕色，沿着手臂顶端的这里顶上会发红，圆圆的手肘会变成玫瑰色。我想我也会喜欢手臂弯曲起来的部位，像是手肘内侧。”

桂妮薇从这些迷人的恭维中退回现实。

“不知道亚瑟现在在做什么？”

“亚瑟去找加文他们了，而且我现在正聊到你的手肘。”

“我知道。”

“珍妮，我觉得快乐是因为你凡事命令我。这就是我快乐的理由。你唠叨要我不要喝太多酒。我喜欢你照顾我，告诉我该做些什么。”

“你似乎就是需要人照顾。”

“我是需要，”他说，然后突如其来地说了一句话，把彼此都吓了一跳，“我今晚能过来吗？”

“不行。”

“为什么不行？”

“蓝斯，拜托别问。你知道亚瑟在家，这太危险了。”

“亚瑟不会介意的。”

“如果我们被亚瑟抓到，”她明智地说，“他得杀了我们。”

他否定了她的说法。

“我们的事亚瑟都知道。梅林曾经长篇大论警告过他，摩根勒菲也给过他两次明显的暗示，后来还有梅里亚格兰斯爵士惹出的麻烦。不过他不想让事情曝光。除非有人逼他，否则他绝对不会抓我们的。”

“蓝斯洛，”她生气地说，“我不准你把亚瑟说得活像是拉皮条的。”

“我没那样说他。他是我第一个朋友，而且我敬爱他。”

“那你就是把我说得好像我一错再错。”

“你现在的行为就像如此。”

“很好，如果你要说的就是这些，你最好还是离开吧。”

“好让你跟他做爱，是吧？”

“蓝斯洛！”

“噢，珍妮！”他跳起来抓着她，动作敏捷如昔。“别生气。如果我讲话太刻薄，我道歉。”

“走开！别烦我。”

不过他继续紧抱着她，像是要驯服一只野生动物，不让它逃走。

“别生气。我道歉。你知道我不是有意的。”

“你是只野兽。”

“不，我不是野兽，你也不是。珍妮，我要一直抱着你，直到你气消为止。我刚刚那样说是因为我很悲伤。”

她的声音低沉压抑，悲伤地说：“你刚刚才说你快乐的。”

“嗯，我不快乐。这整个世界让我觉得悲伤而且非常不快乐。”

“你以为只有你这样吗？”

“不，我没这么想。很抱歉我说了那些话，说那些话会让我不快乐。拜托，请你体谅我，别让我再一直不快乐了，好吗？”

她起了怜惜之心。这些年把他们早年的脾气都磨平了。

“那我就不为难你了。”

然而她的微笑和柔顺只是再次打动了他。

“和我一起走吧，珍妮？”

“拜托别又开始了。”

“我没办法不这样，”他绝望地说，“我不知道该怎么办。上帝啊，我们这一辈子都在重复相同的事，不过今年春天情况似乎更糟了。你为什么不跟我去欢乐堡，让整件事浮上台面呢？”

“蓝斯，理智点，放开我吧。来，坐下来，我们再唱一首歌。”

“可是我不想唱歌。”

“我也不想承受这一切啊。”

“如果你和我一起去欢乐堡，事情就解决了，一劳永逸。无论如何，我们可以一起度过晚年，而且会很快乐，不用再每天欺瞒说谎，可以平静地死去。”

“你说亚瑟他全都知道了，”她说，“那我们就不完全算是欺骗他。”

“是，但这不一样。我爱亚瑟，每当我看到他望着我，而且知道他知情的时候，我就无法忍受。你看，亚瑟是爱我们的。”

“但是蓝斯，如果你这么爱他，和他的妻子一起逃走又有什么好处呢？”

“我想让事情公开，”他固执地说，“至少最后要公开。”

“可是，我不想要那样。”

“事实上，”现在他又开始大发雷霆，“你要的其实是两个丈夫吧。女人总是什么都要。”

她耐着性子想缓和争执。

“我不想要两个丈夫，而且我就像你一样，对这件事感到很不自在。但是，把事情公开有什么好处？我们现在这样，是很可憎，但至少亚瑟自己心里很清楚，而且我们还是彼此相爱，也很安全。如果我和你一起逃走，一切都会毁于一旦。亚瑟必须向你宣战，并且派兵包围欢乐堡。而且，就算你和他没有同归于尽，你们其中之一也会被杀，连带着好几百人一起死，谁都没好处。而且我并不想离开亚瑟。我嫁给他的时候，曾经承诺要陪在他身边，他一直都对我很好，我也喜欢他。虽然我确实是爱你的，但我至少要给他一个家、帮助他。我不懂为何要公开我们的事。我们为什么要让亚瑟公开蒙羞？”

在逐渐晦暗的薄暮微光中，他们都没有注意到，她说话的时候国王本人已经来了。他们的身影映在窗上，看不清身后房间里的情景，但他已经进房，而且站在那里好一会儿了，将他原本在神游远方、思考奥克尼一族和其他国事的心神收回来，他在挂着帘子的门边停下脚步，苍白的手将绣毯拉到一边，手上的王戒在黑暗中闪闪发光——他没有偷听，放下绣毯后，他离开房间，前去找个见习骑士宣告他到来。

“对我来说唯一正派的做法，”蓝斯洛一边说，一边在两膝之间扭绞着他的手。“唯一正派的做法就是我离开，而且不再回来。我试过，但我的脑子没办法再承受一次。”

“我可怜的蓝斯，要是我们刚刚没有停止唱歌就好了！现在你又要陷进那种情绪，你的病又要发作了。我们为什么不能让一切都顺其自然，让你那伟大的上帝去照看就好呢？尝试去思考或是因为对错而行事是没有用的。我不知道何谓是非对错。但我们为何不能相信自己，顺其自然，并且怀抱希望呢？”

“你是他的妻子，而我是他的朋友。”

“那，”她说，“是谁让我们相爱呢？”

“珍妮，我不知道该怎么做才好。”

“那就什么也别做。过来，给我一个温柔的吻，上帝自会照看我们。”

“我亲爱的！”

这一回，见习骑士发出他们常有的噪音，喀喀喀地上楼来了，还带着灯。亚瑟下令点了蜡烛。

烛光在这对坐在屋中的情人四周点亮了色彩，而他们早已迅速放开对方。那男孩在烛心上点火之后，屋中的挂毯才展露出壮丽的光彩。阿拉斯花开缤纷的草地和鸟儿纷飞的杂木林冒了出来，在四面墙上微微起伏。门边的帘幕再次拉起，国王来到这个房间。

他看起来年纪很大，比他们两个都来得老。不过，那是种自尊高贵的老态，即使是今日，你有时还是可以在六十岁以上的男人身上看到；他们把背挺得像灯心草一样直，头发还是黑色的，他们就是有那种格调。现在你能看清楚蓝斯洛了，他生性正直，是人性的高尚典范，对人类的责任有股狂热。桂妮薇看起来既甜美又优雅，在她最狂暴的那几年认识她的人若是现在看了可能会大吃一惊，现在她几乎是个需要被保护的人。不过亚瑟是三人当中最令人动容的。他的衣着非常朴实，个性温和且能包容身上简单的东西。当王后在大厅的火炬底下招待那些有名望的客人时，蓝斯洛常常发现他独自一人坐在一个小房间里缝补袜子。现在，他身穿一身蓝色的家居袍子（蓝色在那个年代是很贵重的颜料，所以会保留给国王或绘画中的圣人和天使），他在烛光闪烁的房间门口停下来，微笑着。

“啊，蓝斯。啊，桂妮。”

呼吸仍然有些急促的桂妮薇，回应了他的招呼：“啊，亚瑟。你吓了我们一跳。”

“抱歉，我才刚回来。”

“加文他们还好吗？”蓝斯洛问。他一直都无法成功假装出自然的语气。

“我到那里的时候他们正好打起来了。”

“还真像他们会做的事！”他们高声地说，“你怎么做？他们在争些什么？”他们让这件事听起来生死交关。他们自己心里有鬼，结果把整个气氛弄拧了。

国王镇定地看着眼前。

“我没问。”

“家族的事吧，”王后说，“一定是。”

“一定是的。”

“没有人受伤吧？”

“没有人受伤。”

“那么，”她大喊，并且注意到自己放松下来的口气显得很可笑，“那就好。”

“是啊，那就好。”

他们发现他目光闪烁，而且还觉得他们的困窘很有趣。气氛恢复正常了。

“好了，”国王说，“我们要继续谈加文他们的事吗？我的妻子不给我一个吻吗？”

“亲爱的。”

她把他的头拉向她，吻在他的额头上。她认为他是个忠实的老伙伴——是她友善的熊。

蓝斯洛起身。“或许我该告退了。”

“别走，蓝斯。你陪我们一会儿很好啊。来吧，坐在火边，给我们唱首歌吧。这火我们应该很快就用不着了。”

“是啊。”桂妮薇说，“夏天即将来临，太棒了。”

“不过坐在火边还是很舒服——尤其是在家里。”

“你在自己家里当然好。”蓝斯洛意有所指地说。

“怎么了？”

“我没有家。”

“别担心，蓝斯，你会有的。等你到了我这把年纪，再开始烦恼这个吧。”

“虽然你这么说，”王后说，“可是你碰上的每个女人都追着你跑好几英里远呢。”

“还带着斧头。”亚瑟加上一句。

“她们之中有一半的人真的向我求婚。”

“那你还抱怨你没有家。”

蓝斯洛开始大笑，最后一丝紧张似乎也跟着消散。

“你会不会，”他问，“跟一个手拿斧头追着你跑的女人结婚？”

在回答这个问题以前，国王郑重地考虑了一下。

“我不能，”他最后说，“因为我已经娶了别人。”

“娶了桂妮。”蓝斯洛说。

现在情况很奇特。他们的对话似乎开始带有与字面不同的意义，就像蚂蚁用它们的触角交谈一样。

“娶了桂妮薇王后。”国王反驳。

“也可以说，娶了珍妮？”王后提出了她的看法。

“是的。”他表示同意，不过在此之前停顿了一段很长的时间。“也可以说，娶了珍妮。”

之后是一段更深沉的静默，最后蓝斯洛再次起身。

“好了，我得走了。”

亚瑟将一只手压在他的手臂上。

“不，蓝斯，再待一会儿。我今晚要告诉桂妮薇一些事，我希望你也听听。我们已经在一起很久了，有件很久以前发生的事，我要对你们两个坦白以告，因为你是这个家族的一分子了。”

蓝斯洛坐下来。

“很好。现在你们两个各把一只手给我，我要像这样坐在你们中间。现在，我的王后和我的蓝斯，你们都别为了我即将要说的事责怪我。”

蓝斯洛苦涩地说：“国王，我们没有立场去责怪别人。”

“没有吗？嗯，我不知道你这句话的意思，不过我要告诉你们一个故事，是我年轻时所做的事。这是我和桂妮结婚之前发生的事，离你受封成为骑士也很遥远。你们会介意我说这些吗？”

“如果你想说，我们当然不介意。”

“不过我们不相信你会犯什么错。”

“这事的开头，是在我出生以前，真的，因为我父亲爱上了康瓦耳伯爵夫人。为了得到她，他杀了伯爵。她就是我母亲。这一段故事你们是知道的。”

“是的。”

“或许你们并不知道，我出生的日期有点尴尬，我父母结婚之后，我太快诞生了，所以他们秘而不宣，将襁褓中的我送走，由艾克特爵士抚养长大。将我带走的人就是梅林。”

“后来，”蓝斯洛愉快地说，“在你父亲驾崩之后，你被带回宫廷，从石头里拔出魔法之剑，证明你是有权继承全英格兰的国王，从此过着幸福快乐的日子。这故事不坏啊。”

“可惜这并不是故事的结局。”

“怎么说?”

“这个嘛，我亲爱的，我一出生就被带离母亲身边，她一直都不知道我被带到哪里去，我也不知道自己的母亲是谁。只有尤瑟·潘德拉贡和梅林知道我们母子之间的关系。事隔多年，我已经当上国王，遇上了我母亲家族中的人，却还不知道他们是谁。尤瑟已经死了，而梅林一直都被那些后见之明搞得糊里糊涂，忘了告诉我这件事，所以我们相遇的时候并不认识对方。而我认为其中有个人既聪明又美丽。”

“有名的康瓦耳三姊妹。”王后冷冷地说。

“没错，亲爱的，就是有名的康瓦耳三姊妹。前任伯爵一共有三个女儿，当然，当时我不知道她们是我同母异父的姐姐，她们的名字分别是摩根勒菲、伊莲和摩高丝，她们被公认为不列颠最美丽的女人。”

他们等待他沉静的声音继续说下去，而他也没有半点迟疑。

“我爱上了摩高丝，”那声音接着说，“我们有了一个孩子。”

即便他们之中有人感到惊讶、愤怒、怜悯或嫉妒，也没有表现出来。对他们来说，唯一令人吃惊的是，这个秘密居然被埋藏了这么久。不过他们从他的声音听得出来，他深受此事折磨，而在他将心事全数吐露之前，也不希望被人打断。

他们注视着火焰，度过彼此间最冗长的静默。然后亚瑟耸耸肩。

“所以，你们懂了吧，”他说，“我是莫桀的父亲。加文等人是我的外甥，但他确实是我的儿子。”

蓝斯洛的眼神看来有话想说。“即便如此，我也不认为你做了缺德的事。你不知道她是你同母异父的姐姐，当时你也还没遇上桂妮。而且，无论如何，看看摩高丝后来的所作所为，这很可能都是她的错。那女人是个恶魔。”

“她是我姐姐，也是我儿子的母亲。”

桂妮薇轻抚他的手。

“我很遗憾。”

“而且，”他说，“她非常美丽。”

“摩高丝……”蓝斯洛起了个话头。

“摩高丝已经付出代价了，她的头被砍下来了，所以我们得让她安息。”

“她是被自己的孩子砍下头来，”蓝斯洛说，“因为他发现她和拉莫瑞克爵士睡在一起……”

“拜托，蓝斯洛。”

“抱歉。”

“亚瑟，我还是认为这不是你的错。毕竟你并不知道她是你姐姐。”

国王深吸一口气，然后以更加粗嘎的声音说：“我还没有告诉你们，”他说，“我所做过最糟的事。”

“是什么？”

“你们想想，我那时候很年轻，才十九岁，然后梅林来了，他告诉我发生了什么事，只是为时已晚。每个人都和我说，这是一项多么可怕的罪行，又说这事的下场一定会很悲惨。他们还说了很多关于莫桀的事，说如果他生下来，会是个什么样的人。他们用那些可怕的预言把我吓坏了，于是我做了一件至今仍让我苦恼的事。母亲一知道这件事，就把摩高丝藏起来了。”

“你做了什么呢？”

“我让他们弄了一份公告，宣告得把所有在特定时间出生的孩子放在一艘大船上，漂流到海上。因为莫桀出生了，我想毁掉他，却不知道他是在哪里出生的。”

“他们照做了吗？”

“是的，船漂走了，莫桀也在船上，那艘船在一座岛上失事，那些可怜的孩子大多都淹死了——不过上帝救了莫桀，后来还将他送回来羞辱我。摩高丝将他带回她身边很久以后，有一天突然把他带到我面前。不过她一直对其他人假装他和加文以及其他人一样，都是洛特的婚生子。她当然不会想对外人提这件事，包括莫桀其他的兄弟。”

“好吧，”桂妮薇说，“既然这事只有奥克尼一族和我们自己知道，而且莫桀又平安无事……”

“你不能忘记其他孩子，”他悲伤地说，“我会梦见他们。”

“你以前为什么不跟我们说呢？”

“我心中有愧。”

这下子蓝斯洛爆发了。

“亚瑟，”他高声道，“你没什么好愧疚的。你那时候太年轻，少不更事，你所做的事固然不对，但别人也对你做过同样的事啊。那些用罪行之类的故事来吓唬孩子的畜生，要是落在我手上，我非扭断他们的脖子不可。想想你所承受的那些苦难，却没有丝毫补偿！这有什么好处？那些可怜的孩子啊！”

“他们全都淹死了。”

他们重又坐下，看着火焰，最后桂妮薇转向她丈夫。

“亚瑟，”她问，“你今天为什么要告诉我们这个故事？”

他没有马上回答，还在思考该怎么说。

“因为我怕莫桀对我有所怨恨，可怜的孩子，他是有资格这么想的。”

“叛国吗？”最高司令官问。

“这个嘛，不见得是叛国，蓝斯，不过我想他的确心有不满。”

“砍了那个爱哭鬼的头，解决他。”

“不，这种事我连想都没想过！你忘了莫桀是我儿子，我喜欢他。我对这孩子做了很多不对的事，我的家族在某种程度上也一直在伤害康瓦耳一族，我不能再加重我的罪过。更何况，我是他父亲，我在他身上看到自己的影子。”

“似乎并不是非常相像。”

“不过确实有相似之处。莫桀很有企图心，也重视荣誉，我一直以来也是这样。只是他身体虚弱，所以他在我们的运动当中表现并不好，这也让他难受，我如果不是那么幸运，可能也会同样难受。从某个奇怪的层面来说，他也很勇敢，而且他忠于自己的人民。你想，他的母亲要他反抗我，这很正常，而我在他心目中也代表邪恶。我几乎可以确信，他最后会杀了我。”

“你真的认为这个说法构成现在不杀他的理由吗？”

突然间，国王看起来有些惊讶，或说震惊。他既疲倦又闷闷不乐，所以他一直放松地坐在他们之间，而现在，他打起精神，与他的司令官四目相对。

“你得记住，我是英格兰国王。如果你是国王，你就不能凭一己的喜好来处决人民。国王是人民的领袖，必须为他们树立典范，照他们的希望行事。”

他忽视蓝斯洛脸上的惊讶表情，再次握起他的手。

“你会发现，”他解释，“如果国王是个相信武力的恶霸，他的人民也会是恶霸。如果我不做法律的表率，就无法让人民奉公守法。我当然希望我的人民遵守新法，因为这么一来，他们会更加繁盛，而我也更加成功。”

他们看着他，猜测他到底想要表达些什么。他对上他们的目光，试着用眼神与他们的眼睛交谈。

“所以，蓝斯，我必须绝对公正。如果再有婴儿被淹死之类的事情发生，我的良心无法承受。能够让我远离武力的唯一途径，就是新的法律。一个真正的国王不能只愿意处决敌人，也要愿意处决朋友。”

“以及他的妻子？”桂妮薇问。

“以及他的妻子。”他严肃地说。

蓝斯洛在长凳上不自在地挪了挪身体，想以幽默的方式发表意见：“我希望你不会很快就砍了王后的头？”

国王仍旧抓着他的手，仍然看着他。

“如果有人证明桂妮薇或是你蓝斯洛，对我的王国犯下罪行，我就得砍了你们两个的头。”

“上帝垂怜啊，”她高声喊，“我希望不会有人这么做！”

“我也这么希望。”

“那莫桀呢？”过了一会儿，蓝斯洛问。

“莫桀是个郁郁寡欢的年轻人，我怕他可能会用尽所有手段来推翻我。比如说，如果他能找到某种方式透过你，亲爱的，或者透过桂妮来打击我，我确定他会去尝试。你了解我的意思吗？”

“我懂。”

“所以，如果有朝一日，你们当中任何一个人可能，嗯……可能给了他可趁之机……你们会为了我小心行事，对吧？我就交在你们手里了，亲爱的。”

“但这似乎没道理啊……”

“自从他来到这里，”蓝斯洛说，“你一直对他很好啊。为什么他会想要伤害……”

国王的手在膝上合起，似乎从低垂的眼皮底下看着火焰。

“你忘了，”他轻轻地说，“我一直没能给桂妮一个儿子。我死的时候，莫桀也许会成为英格兰国王。”

“如果他打算叛国，”蓝斯洛一边说，一边握紧拳头，“我会亲手杀了他。”

一只浮着蓝色血管的手立即按在他的手臂上。

“你绝对不能这么做，蓝斯。不论莫桀做了什么，就算他想要我的命，你也要答应我，你要记住，从某种意义来说，他是这个血统的继承人。我一直都是个罪人……”

“亚瑟，”王后高声说，“你别这么说。太荒谬了，你让我觉得心有所愧。”

“你不觉得我是个罪人吗？”他惊讶地问道。

“当然不觉得。”

“但是我以为，在知道那些孩子的事情以后……”

“没有人会这么想。”蓝斯洛激动地大喊。

国王在火光中站起身，看起来既迷惑却又宽慰。在他看来，说自己无罪才是荒谬，但他对他们的爱充满感激。

“好吧，”他说，“无论如何，我不会再说自己有罪了。国王的职责是要尽力预防流血事件，而不是去引发流血事件。”

他再次看了他们一眼。

“所以现在，我亲爱的，”他愉快地下了结语，“我要到请愿法庭去，为我们那有名的司法安排一些事。你留在这里陪桂妮吧，蓝斯，在听完那个不幸的故事之后，安慰她一下，这才是我的好伙伴。”

第五章

亚瑟说要去为那有名的司法安排一些事，他并不是真的要去开庭。中世纪国王本人确实会出席法庭，即使到晚近，人称亨利四世的国王[①]也是如此（他应该坐在国库和王位上才对）。不过，要做立法工作的话，今天实在太晚了，亚瑟离开去读明天的请愿书，这是负责的他养成的一项习惯。现在他最大的兴趣就是法律，这也是他对抗强权的最后努力。

在尤瑟·潘德拉贡的时代，除了某种不成熟又一面倒地保护上流阶级的成规以外，并无法律可言。即使到了现在，国王开始鼓吹司法，以便一举约束强权势力，同时也还有三种法律在互相角力。他试图将习惯法、教会法和罗马法加以浓缩，变成单一的法典，而这部法典，他希望能命名为民法。这项工作和读明天的请愿书一样，每晚都会召唤他，在司法室中独自安静地努力工作。

① 亨利四世（Henry IV，1367—1413），这里指的是英格兰的亨利四世。他因领地被夺等问题，挥兵废黜当时的英王理查二世，建立兰开斯特王朝。他的即位引起许多贵族的不满，也埋下日后约克与兰开斯特家族不和的种子（其孙亨利六世即位时双方开战，即玫瑰战争）。亨利四世即位后，为了取得国会认同，承认国会有征税与立法权。

司法室在宫殿的另一头，平时空荡荡的，此时却不如往常。

室内已有五人在等待国王，不过我们这些现代访客仍可能先注意到房间本身的模样。首先令人惊奇的是，四周的挂毯把房间围成正方形；此时已入夜，窗户都关了，门又总是紧闭，所以你会觉得自己置身于一个盒子里：你对这对称的封闭空间会有种奇怪的感觉，关在瓶子里被毒死的蝴蝶一定很清楚这种感觉。你可能正疑惑，这五人是怎么被带到这地方来的，这里就仿佛是座中国式迷宫。四周墙上，从天花板垂到地板的挂毯两两并列，述说着大卫与拔示巴[①]，以及苏珊娜与两位长老[②]的故事，色彩鲜艳饱满。现今我们看到的那些褪色物品，和这些让司法室变成一只彩绘盒子的明亮挂毯则毫无关联。

这五人的身影在烛光中摇曳闪烁。房里陈设简单，无法分散你对他们的注意力——这里只有一张长桌和国王的高背椅，桌上摊着要给国王检查的羊皮纸卷，以及角落一组成套的加高阅读桌椅。这里所有的色彩全集中在墙面和这五人身上。他们都穿着丝质铠甲衬衣，盾徽是山形纹，中间有三个蓟花纹，不过几个兄弟各有不同的排行标记以示区别，所以他们看起来就像是一手摊开的扑克牌。这是加文一族，而他们还是老样子，正在吵架。

加文说：“阿格凡，我说最后一次，你能不能别再讲那些浑

---

① 圣经人物，大卫王与乌利亚之妻拔示巴私通，后来大卫王安排让乌利亚在前线遇害身亡，娶拔示巴为妻。

② 圣经故事，苏珊娜是一位贞洁虔信的美女，一日她在自家花园沐浴，有两位士师长老窥浴，意图施暴，苏珊娜不从，反被两位长老诬陷与人幽会，被判死刑。先知但以理得到神的启示，为她鸣冤，将说谎的长老处死。

话？这事我不想出力，也不想参与。”

“我也不想。”加瑞斯说。

加赫里斯说：“我也是。”

“如果你们坚持这么做，会让整个氏族分裂的。我已经说得很明白了，我们都不会帮你们。你们得靠自己。”

莫桀一直带着某种轻蔑的耐性等候着。

“我站在阿格凡这边，”他说，“蓝斯洛和我舅母是我们所有人的耻辱。如果没有别人愿意扛这个责任，就由阿格凡和我来吧。”

加瑞斯猛地转向他。

“你真适合做这种丢脸的事。”

“谢谢。”

加文试着怀柔，不过他原本就不善与人斡旋，所以实际上他的努力就像地震一样明显。

“莫桀，”他说，“拜托，讲点道理。做个勇敢朴直的人，这事先缓一缓吧？我比你年长，我能预料这么做之后会引起什么麻烦。”

“不管以后会怎样，我都要去找国王。”

“阿格凡，如果你们这么做，就是要开战了。你难道看不出来吗？这么一来，亚瑟和蓝斯洛就得互相对抗，不列颠诸国的国王会有一半因为蓝斯洛的名声而投在他麾下，这样下去会变成内战的。”

这位全氏族的领袖脚步沉重地朝阿格凡走去，用巨大的手掌拍着他，像只天性纯良的动物表演杂耍。

“嘿，老弟。就把今早那一点小争执忘了吧。每个男人心里都有一股冲动，不过说到底，我们还是兄弟啊。我不懂，你明知蓝斯洛爵士为我们所付出的一切，怎么还会想跟他作对呢？你不记得吗？他从特昆爵士手里救了你和莫桀啊。总之你们都欠他一条命。老弟，他也从多罗瑞斯塔的卡拉铎斯爵士手中救了我。”

“他这么做只是为了他自己的荣誉。”

加瑞斯转向莫桀。

“你要在我们之间怎么说蓝斯洛和桂妮薇都随便你，因为很不幸，这是事实。但是我不许你冷嘲热讽。我一开始以厨房见习骑士的身份来到宫廷时，唯一善待我的人就是他。他完全不知道我是谁，但他一直教我一些诀窍、鼓励我，还为我挺身而出对抗凯伊，他也是册封我为骑士的人。每个人都知道，他这一生当中从没做过卑鄙下流的事。”

“我还是个年轻骑士的时候，”加文说，“上帝宥我，我被卷入一场很有争议的战争，怒气攻心——对，我在某人求饶之后还是杀了他，后来又杀了一个少女。蓝斯洛却从没让任何比他弱的人悲痛过。”

加赫里斯补充：“他喜欢年轻骑士，而且会帮助他们赢得长矛比试。我不懂你们为什么讨厌他。”

莫桀耸肩，抖了抖外套的袖子，假装要打呵欠。

“说到蓝斯洛，”他说，“要找他的人是阿格凡。我的仇家是那位快乐的君主。”

“蓝斯洛，”阿格凡表示，“是个名过其实的人。”

“他才不是，”加瑞斯说，“他是我所知道最伟大的人。”

“我对他可没有那种学校男孩的崇拜之情……”

挂毯另一端的门铰链发出吱嘎声，门把也发出了刺耳的声响。

“别说了，阿格凡，”加文口气温和地劝说，“别再说那些事了。”

“我不要。”

亚瑟的手拉起了帘幕。

“拜托，莫桀。”加瑞斯轻声说。

国王走入房内。

“这只是为了公平起见，”莫桀说着提高了声音，好让大家一定听得到，“毕竟我们的圆桌应该要有司法存在。”

阿格凡也假装没注意到有人来了，大声回应：“现在该要有人说出真相了。”

“莫桀，安静点！”

“而且只说真相！”那个驼子以一种胜利的语气下了结论。

亚瑟啪哒啪哒地走过宫中的石砌走廊，心思全都放在眼前的工作上，他站在门口等着，一点也不惊讶。那些身上佩着山形纹与蓟花纹的男人转向他，看到这位老国王最后的荣耀时刻。他们静默伫立了几秒钟，然后加瑞斯心痛地认清国王真正的模样。他看到的不是一位浪漫的英雄，而是一个尽其所能把事情做到最好的凡人；他不是骑士精神的领袖，而是个不断思考的孩子，试图忠于他那位古怪的魔法导师；他不是英格兰王亚瑟，而是个孤独的老先生，在命运的齿牙之间，付出大半辈子的时间戴着王冠。

加瑞斯跪了下来。

“这事和我们一点关系都没有。”

加文沉重而缓慢地屈单膝，和他一起跪在地上。

“大人，我来这里是想要劝阻我弟弟，但他们不肯听我的。不管他们可能会说些什么，我都不想听。”

最后跪下的是加赫里斯。

“我们想在他们开口之前离开。”

亚瑟走进房里，轻轻将加文扶了起来。

“如果你们想要离开，当然可以，亲爱的，”他说，“我希望我不会给你们家族添麻烦吧？”

加文阴沉地转向另一边的人。

“这个麻烦，”他说，他又重拾古老的骑士语，将它像斗篷那样披在身上。“将摧毁全世界骑士道之菁华，将损伤吾等高贵情谊，而罪魁祸首乃二位郁郁骑士！”

加文态度轻蔑地快步离开，他将加赫里斯推在身前，加瑞斯则以一种无助的模样跟在他身后。在此同时，国王沉默地走向王座。他从位子上拿起两个坐垫，放在台阶上。

“好吧，外甥们，”他平和地说，“坐下来，告诉我你们想要做什么吧。”

“我们还是站着好了。”

“这当然随你们高兴。”

这样的开头并不符合阿格凡的策略，他断然说：“噢，莫桀，算了吧！不，我们不是来和我们的国王吵架的，我们心里一点也没这种念头。”

“我要站着。”

阿格凡谦卑地坐在一个坐垫上。

“你想要两个坐垫吗？”

“不，多谢了，大人。”

老人看着他们，一面等待，他像是个即将被吊死的人，或许屈服于刽子手，却不用别人帮忙上套索。他带着某种疲惫的嘲讽看着，把这项工作留给他们。

“什么都别说，”阿格凡用一种假装得很好的不情愿口气说，“或许是比较明智的做法。”

“或许是的。”

莫桀全力出击。

“这太荒谬了。我们来是为了告诉我们的舅舅一些事情，应该要有人告诉他这件事。”

“不怎么愉快的事。”

“这样的话，我亲爱的孩子们，如果你们愿意，我们就别再谈这件事了。春天的夜晚很美，不宜烦恼那些不愉快。所以，你们两个何不出去和加文言归于好呢？你们可以要他把那只聪明的苍鹰借给你们明天使用。王后刚刚才说，她想要一只不错的幼兔当晚餐。”

他正在为她奋战，或许是为了他们所有人而战。

莫桀用炽热的眼睛注视着他父亲，毫无预警地宣告：“我们是要来告诉您一件宫廷里每个人一直都知道的事。桂妮薇王后是蓝斯洛爵士公开的爱人。”

老人弯下身去，将披饰弄直。他猛地将它盖在脚上，让脚保持温暖，然后再次直起身子，看着他们的脸。

“你们准备好要证明这项指控了吗？”

“是的。”

“你们知道，”他温和地问他们，“以前也有人做过同样的指控？”

“如果没有，就太奇怪了。”

“先前最后一次有人造这样的谣，是一个叫梅里亚格兰斯爵士的人。由于这件事不管在哪方面都没有可靠的证据，所以最后是付诸个人对战来裁定判决。梅里亚格兰斯爵士指控王后叛国，并为了他的主张而出战。所幸蓝斯洛爵士好心站在王后陛下这一边。结果如何，你们记得吧。”

“我们记得很清楚。”

“最后举行战斗审判时，梅里亚格兰斯爵士躺在地上，坚持要向蓝斯洛爵士投降，怎样都没办法要他起来，最后蓝斯洛提出一个条件，表示他愿意脱下头盔和左边的铠甲，并且将一只手绑在后面。梅里亚格兰斯爵士接受了，最后，他当然还是被砍倒了。”

“这些我们都知道，”他们兄弟当中最年轻的那人不耐烦地高声说，“个人对战没有任何意义，这无论如何都不能算是公平的司法，最后胜出的人一定是那些暴徒。”

亚瑟叹了口气，双手交叠。他自始都没有抬高声音，此刻也继续以沉稳的声音说话。

“莫桀，你还非常年轻。你还要学会一件事，那就是几乎所有行使司法的形式都是不公平的。如果你能够提出个人对战以外的方式来解决争端，我很乐意一试。”

“只因为蓝斯洛比其他人都强，又总是站在王后那一边，不代表王后永远都是对的。”

“我确信王后不可能永远都对。不过，你想想看，一旦我们卷入争端，就得找个方法来解决它。如果一项主张的真假无法获得证实，那么就得用另一种方式来解决，而几乎所有的解决方式都会对某一方不公平。你不需要亲自与王后的战士对决，莫桀，你可以以体弱为由，雇用你所知最强壮的人为你出战，而王后当然也可以雇用她所知最强壮的人为她出战。如果你们分别雇用你们所知最好的讼师来辩论，也是类似的。最后通常是最有钱的人胜出，因为他可以雇用最昂贵的讼师或最昂贵的战士，所以我们也不用假装说这只是暴力而已。”

“不，阿格凡，”他在阿格凡想开口时继续往下说，“先别打断我。我要把这些藉由个人对战做出判决的事说清楚。就我所知，这是钱的问题，是钱和运气的问题，此外，当然还有上帝的旨意。如果两边财富相当，我们或许就能说，赢家是比较幸运的那方，就像丢铜板一样。好，你们两个能不能确定，如果你们指控王后叛国，你们会是比较幸运的一方？”

阿格凡假装客气地加入这场谈话。他喝酒一直都很小心，所以他的手不再打颤。

“请您见谅，舅舅，我刚才要说的就是这点。我们希望不要以个人对战的方式解决这次争端。”

亚瑟立刻抬起头看他。

“你很清楚，”他说，“神裁审判遭禁，而且，如果要做无罪宣誓[①]，也不可能为王后找到那么多贵族。”

阿格凡微笑着。

① 这是一种基于教会法来进行的自清方式。当事人要在相信他 / 她无罪的公正人士陪同下，到宗教法庭誓言自己无罪。

"我们对新法所知不多，"他流畅地说，"不过我们认为，如果一个说法能够在你的新法庭上获得证实，就没必要进行个人对战。当然，我们也可能弄错了。"

"陪审团审判。"莫桀爵士语带轻蔑地说，"您是这么称呼它的吧？某种行商法庭[①]之类的方式。"

阿格凡冷酷的心大喜，心想："用他自己的武器逼死他！"

国王的手指在椅子扶手上敲打着，此刻他们连推带拉地将他逼了回来。他缓缓开口："你们相当了解新法。"

"比如说吧，舅舅，如果有证人发现蓝斯洛确实在桂妮薇床上，那就没有必要进行战斗审判，对吧？"

"阿格凡，请你体谅，即使我们是这种亲戚关系，至少在我面前，我希望你能用舅母的头衔来称呼她。"

"珍妮舅妈。"莫桀说。

"是啊，我确定我曾听过蓝斯洛爵士用这名字称呼她。"

"'珍妮舅妈'！'蓝斯洛爵士'！'请你体谅'！那两人现在可能正在接吻呢！"

"你说话要有点教养，莫桀，不然请你离开我的房间。"

"我确定他不是故意要放肆无礼，舅舅。他是因为你的盛名蒙羞，才会生气啊。我们想要让正义得以伸张，而且……嗯……而且因为他'家族'的缘故，他的感受非常深刻。对吧，莫桀？"

"我天杀的并不关心我的'家族'。"

国王的脸色看起来更加憔悴了，他叹了口气，但仍保有耐性。

---

① 英格兰以前在市集和市场召开的简易法庭，就地处理行商与在地商人之间的纠纷。

“好吧，莫桀，”他说，“我们还是别为这些小事争吵吧，我不会再阻止你对他们无礼了。你说我的妻子和我最好的朋友私通，而且你显然打算用事实证明这项指控，所以，我们就专注谈这件事。我想你应该了解这项指控的含意吧？”

“不，我不知道。”

“无论如何，我确定阿格凡都很清楚。这项指控的含意是，如果你坚持要提出民事证据，而不向荣誉庭提出控诉，这个案子就会照民事证据的流程走。如果你们的案子最后成立，那位从特昆爵士手中救出你们的男人就会被砍头，而我深爱的妻子会因叛国罪名而被活活烧死。如果你们的案子最后不成立，我必须警告你，莫桀，你会被放逐，而这会让你失去所有的继承权；届时我也必须让阿格凡上火刑台，因为他做出这项指控，所以他自己必须承担叛国罪名。”

“所有人都知道我们的案子很快就能够成立。”

“很好，阿格凡，你是个很厉害的律师，也决心要走上法律途径。提醒你们有种叫做慈悲的东西，我想应该是没什么用处吧？”

“是那种，”莫桀说，“要施给那些被放在船上随水漂流的孩子的慈悲吗？”

“谢谢你，莫桀。我差点忘了。”

“我们要的不是慈悲，”阿格凡说，“而是司法。”

“我了解。”

亚瑟把手肘搁在膝上，用十指覆住脸。他坐在那里消沉了好一会儿，想要集中责任与尊严的力量，接着他在双手的阴影中开口说话。

“你们打算怎么抓到他们？”

这个高大的男人一直都很有礼貌。

“如果舅舅同意在晚上离开，我们会找来一支武装队，到王后房间抓蓝斯洛。你得先离开这里，不然他不会去。”

“我认为我不能对我的妻子设下陷阱，阿格凡。取得证据是你们的责任，我认为这么说才公平。是的，我认为这是公平的。我当然有权拒绝成为——嗯，某种同谋。在我的职责当中，我没有义务故意走开好帮助你们。不，我可以问心无愧地拒绝你。”

“但你无法永远都不离开。你总不能为了让蓝斯洛无法接近，余生就和王后用锁链绑在一起吧。你下周不是要去参加狩猎大会吗？如果你不去，你就是故意改变计划以阻碍正义伸张。”

“没有人能够阻止正义伸张，阿格凡。”

“那么，亚瑟舅舅，你会去参加狩猎大会；而蓝斯洛如果人在王后的房间，我们也获准闯进去拿人了？”

他那兴高采烈的语调听起来下流得连莫桀也觉得厌恶。国王站在那里，将袍子拉上来环住他的身体，像是觉得有些冷。

“我们会去的。”

“你不会事先告诉他们吧？”那人的声音兴奋得有点结巴。“我们提出这项控诉后，你不会去警告他们吧？这样可是不公平的。”

“公平？”他问。

他从一个非常遥远的地方看着他们，似乎在称量着真相、正义、邪恶和人性。

“我同意。”

他的眼睛从远方归来，笔直地盯着他们，发出游隼般的闪光。

“不过，莫桀、阿格凡，我要以我个人身份把话说在前头，我现在唯一的愿望，就是要蓝斯洛杀了你们两个和所有目击证人——我要很骄傲地说，我的蓝斯洛绝对有能耐成就这件功绩。此外，身为司法首长，我还要再说一件事，那就是如果你们这项严重的指控无法成立，我会用上所有你们提出的严苛法律来追捕你们两个，绝不留情。”

第六章

蓝斯洛知道国王去新森林打猎了，所以他确信王后会派人找他过去。他的卧房很暗，只在圣像前面放着一盏灯，而他穿着一件家居袍子踱着步，身上除了那件色彩鲜艳的袍子以外，就只在头上缠着某种类似穆斯林头巾的东西，他已经准备要上床睡觉，这也就是说，他几乎赤裸。

那是个昏暗的房间，并不奢华。墙面裸露，小而硬的卧榻也没有遮篷。窗子没有镶玻璃，上面覆盖某种浸了油、不透光的亚麻布。伟大的司令官通常都住在这种朴素的战时卧房里，房里除了一张椅子或一口老箱子以外什么都没有——传说威灵顿公爵以前住在沃尔默堡的时候[①]，都睡在行军床上。蓝斯洛房里有口用金属接榫的箱子，看来像是棺材，除了这口箱子和那张床以外，就只有他那把巨剑，用皮绳吊在墙上。

箱子上放着一个壶盔。他有时会把它拿到圣像灯前，站在那里

① 威灵顿公爵（Duke of Wellington，1769—1852），这里是指第一任威灵顿公爵（Arthur Wellesley），曾败拿破仑于滑铁卢。沃尔默堡（Walmer Castle）是威灵顿公爵最后去世的地方，现为英国女王伊莉莎白二世所有。

看着他在钢铁上的映影，脸上带着和许久以前那个男孩同样的迷惑表情。他把它放下来，继续在房内踱步。

门上传来轻敲声时，他以为信号来了。他拿起剑，把手伸向门闩，不过门自己开了。来人是加瑞斯。

“我能进来吗？”

“加瑞斯！”

他惊讶地看着他，然后说：“进来吧，看到你真好。”语气不怎么热烈。

“蓝斯洛，我是来警告你的。”

那老人挨近看了他一眼，咧嘴而笑。

“天哪！”他说，“我希望你不是要来警告我什么严重的大事吧？”

“没错，这事是很严重。”

“好吧，进来，把门关上。”

“蓝斯洛，是王后的事。我不知道要从何说起。”

“那就别麻烦了。”

他抓住这个年轻人的双肩，把他往回推向门边。

“你来警告我是很令人感动，”他说，两手捏着对方的肩膀。“不过我不觉得你能告诉我什么我不知道的事。”

“噢，蓝斯洛，你知道，只要能帮上你的忙，我在所不辞。要是别人知道我来你这里，我不知道他们会说出什么话来。不过我无法置身事外。”

“出了什么事吗？”

他停下脚步，再次看加瑞斯。

“是阿格凡和莫桀。他们恨你。或者该说阿格凡恨你。他嫉妒你。莫桀最恨的人是亚瑟。我们已经尽力阻止他们了，但是他们一意孤行。加文说这事他不插手，而加赫里斯从来就没办法做什么决定。所以我得自己过来。我得来找你，即使这么做等于是反抗我的自家兄弟和整个氏族也得来，因为我的一切都是你给我的，我不能让这件事发生。”

“我可怜的加瑞斯！你让自己陷入了什么样的困境啊！”

“他们去找国王，直言说你——说你到王后的卧房去了。我们试过要阻止他们，虽然我们没有留下来听他们说，不过他们说的就是那件事。”

蓝斯洛松开他的肩膀，在房里踱了两步。

“别为了这种事生气，”他说着又走回来。“以前已经有很多人说过同样的话了，不过什么事也没发生。不会有事的。”

“这次会出事的。我感觉得出来，我就是知道。”

“胡说。”

“这不是胡说，蓝斯洛。他们恨你。有了梅里亚格兰斯的前车之鉴，他们这次不会用战斗审判。他们太狡猾了。他们会用某种方法来设计你。他们会暗算你的。”

但是那老兵只是笑着拍了拍他。

“你在胡思乱想，”他说，“朋友，回家上床睡觉，把这件事忘掉吧。你到这儿来真是令人感动——不过你现在还是回家，放宽心，好好睡一觉。如果国王会为了这种谣言大惊小怪，他就永远都没办法去打猎了。”

加瑞斯咬着手指，鼓起勇气直言以告。

最后他说：“请你今晚不要去找王后。”

蓝斯洛讶异地挑起一边的眉毛，不过随即放了下来。

“为什么？”

“我确定那是个陷阱。我确定国王今晚是故意离开，好让你去找她，然后阿格凡就会在那里把你逮个正着。”

“亚瑟绝不会这么做。”

“他已经做了。”

“胡说。你还要保母看顾的时候我就认识亚瑟了，他不会做出这种事。”

“但是这样很危险！”

“如果有危险，我会好好享用的。”

“求求你！”

这一回，他把手放在加瑞斯背上，重重将他往门外推。

“好了，我亲爱的厨房见习骑士，听好。第一，我了解亚瑟；第二，我了解阿格凡。你觉得我应该怕他吗？”

“但是背叛……”

“加瑞斯，我还是个年轻小伙子时，有位贵妇人追着一只扯断了放鹰绳的游隼，从我身边跑过去。拖在底下的放鹰绳缠上一棵树，所以那只游隼被绑在树顶。那位贵妇人说服我爬上那棵树，把她的鹰带下来。我从来就不是个很会爬树的人，我爬到树顶，解开那只鹰的时候，那位贵妇人的丈夫全副武装地出现了，说他要砍掉我的头。这整件事是个陷阱，诱使我把铠甲脱掉，好让我落入他手中。我在那棵树上，穿着衬衣，连把匕首也没有。”

“真的？”

“嗯，我用一根树枝敲在他头上。他比可怜的老阿格凡像样多了，即使那些辉煌的日子已经过去，我们全都为风湿所苦也一样。”

“我知道你能应付阿格凡，但，要是他找一支武装队来攻击你呢？”

“他什么也不会做的。”

“他会的。”

门上传来一声刮搔声，一声轻敲。可能是老鼠干的，不过蓝斯洛的双眼变得没有一点表情。

“这个嘛，如果他真的做了，”他简短地说道，“那我就得和那支军队对战了。不过这完全只是幻想。”

“你今晚不能不去吗？”

此时他们已然来到门边，国王的司令官的语气不容置喙。

“听好，”他说，“如果你一定要知道，王后已经派人来找我了。如果我被宣召，我是不能拒绝的，对吧？”

“所以即使我背叛了先民，也是徒劳无功。”

“不是徒劳无功。任何知道此事的人都会因为你勇于面对而敬爱你。不过我们可以信任亚瑟。”

“所以你无论如何都要去？”

“是的，厨房的见习骑士，而且我这会子就要去了。天啊，别看起来这么难过。这事就交给身经百战的坏胚子处理，快点上床去吧。”

“也就是说，我们要道别了。”

“胡说，是该道晚安。而且，王后正等着呢。”

老人轻轻松松把一件披饰甩过肩膀，仿佛仍保有年少的骄气。

他抬起门闩，站在门边，想着是不是忘了什么东西。

“如果我能够阻止你就好了！”

“可惜，你不能。”

他踏入通道的黑暗之中，把这件事抛诸脑后，然后便消失了。而他忘记的那样东西，是他的剑。

第七章

桂妮薇正在她那间华丽寝室的烛光下梳理她的灰发，等待蓝斯洛到来。她看起来美得不可思议，不是电影明星那种美，而是一种灵魂有所成长的女性美。她独自唱着歌，那是——居然是——一首赞美诗《圣灵降临歌》[1]，据信是位教宗的作品。

烛火静静立在夜晚的空气中，映射在散缀床顶深蓝色罩篷的金色小狮子上。发梳和发刷上的拼贴装饰闪烁着，一口大箱子的磨光黄铜嵌板镶了圣徒与天使的珐琅装饰，墙上的织锦挂帘皱褶轻柔，闪闪发亮，地板上还铺了一条绝妙的毯子，这是种应受谴责的极度奢华。走在那条毯子上会让人感到不安，因为毯子一开始并非只拿来铺在地板上。亚瑟走过时通常会绕过它。

门轻轻打开时，桂妮薇正边唱歌边刷着头发，她低沉的声音和静立不动的烛火相得益彰。最高司令官把他的黑色披风放在底下的箱子上，走过去站在她身后。她从镜子里看着他，没有半点惊讶

① 《圣灵降临歌》(*Veni, Sancte Spiritus*)，拉丁文，意为圣灵降临（Come, Holy Spirit），是圣灵降临节弥撒的歌曲，作者一说为教皇英诺森三世（Innocent III）。

之色。

“我能帮你做这件事吗？”

“如果你想要。”

他拿起发刷，随熟练敏捷的手指一同扫过那捧披垂的银雪，王后闭上眼睛。

过了一会儿，他说话了。

“这像是……我不知道这像什么。不像丝，比较像是倾泻的流水，但又像是云。云是水凝成的，对吧？它是白色的雾气？还是冬日的海洋？瀑布？还是结霜的稻草堆呢？是了，是稻草，深邃、柔软又盈满香气。”

“这是个讨厌的东西。”她说。

“它是海洋，”他庄严地说，“我出生的海洋。”

王后睁开眼睛，问道：“你来时安全吗？”

“没人看到。”

“亚瑟说他明天就回来。”

“他这样说吗？这里有根白头发。”

“拔掉它。”

“可怜的头发，”他说，“它很细呢。珍妮，你的头发为何这么美丽呢？大概要拿六条编成一条，才和我的头发差不多粗。我该拔下它吗？”

“是，拔吧。”

“会痛吗？”

“不会。”

“为什么不会？小时候我常去拔我那些姊妹的头发，她们也会来拔我的，痛得很呢。是不是我们年纪大了，感受力也跟着变差，所以再也无法感受我们的痛苦与快乐呢？”

“不，”她解释，“这是因为你只拔一根。如果你拔的是一把头发，就会痛了。来。”

他低下头去好让她能碰到，而她白皙的手臂向后伸出，用手指扭住他额前的头发，用力拉扯，直到他开始龇牙咧嘴。

“对，还是会痛。真令人欣慰啊！”

“你的姊妹是这么拉扯你的头发吗？”

“是啊，不过我更用力拉她们的头发。每当我走近她们当中的任何一个，她都会用两只手护着辫子，然后瞪着我。”

她笑了。

“我很高兴我不是你的姊妹。”

“噢，不过我绝不会拉你的头发。它太美了。我想对它做点别的事。”

“你想做什么？”

“我……嗯，我想像睡鼠那样蜷在里面睡觉。我现在就想这么做。”

“等你弄完再说。”

“珍妮，”他突然问道，“你觉得这事能持续下去吗？”

“什么意思？”

“加瑞斯刚来找我，警告我们说亚瑟故意离开设下陷阱，让阿格凡和莫桀来逮住我们。”

“亚瑟绝不会做这种事。”

“我也是这么说。”

“除非他们逼他这么做。”她深思。

“我想不出他们要怎么逼他。”

她突然改变话题。

“加瑞斯真好，竟然愿意与他的兄弟为敌。”

“你知道吗？我认为他是这宫廷中最好的人之一。加文也很正派，不过他太暴躁了，而且他会记仇。”

“他很忠诚。”

“对。亚瑟曾说，如果你不是奥克尼家的人，那么他们是很可怕的；但如果你是这家族的一分子，那你很幸运。他们打起架来像猫一样凶狠，不过他们真心喜爱彼此。他们是一族的。”

不知为何，王后改变的话题还是将她带回原来的轨道。

“蓝斯，”她语带惊恐地问，“你想他们会不会逼国王做出什么事来？”

“你这话是什么意思？”

“亚瑟有种可怕的正义感。”

“我不明白。”

“上星期那些话。我想他是要警告我们。听！你有没有听到什么？”

“没有。”

“我觉得我听到门边有人。”

“我去看看。”

他打开门，不过门外一个人也没有。

“假警报。”

“那就闩上门吧。”

他滑过闩木（五英寸厚的粗橡木棒），深深插入厚墙洞中。他回到烛光旁，把王后闪亮的发丝分成容易处理的发束，双手像织梭一般移动着，快速地将它们编成辫子。

“没必要紧张，太可笑了。”他说。

然而她仍自沉思，并用一个问题来回答他的话。

“你记得崔斯坦和伊索德吗？”

“当然。”

“崔斯坦以前和马克王的妻子睡，所以马克王杀了他。”

“崔斯坦是个傻瓜。”

“我认为他人很好。”

“那是他要你这么想。不过他可是康瓦耳骑士，和其他康瓦耳骑士都一个样。”

“有人说他是全世界第二好的骑士。蓝斯洛爵士、崔斯坦爵士、拉莫瑞克骑士……”

“只是茶余饭后的闲谈罢了。”

“你为什么说他是个傻瓜？”她问。

“嗯，这要从很久以前说起。你记不得在你的亚瑟设立圆桌以前骑士是什么样子的，所以你不知道你丈夫是怎样的天才。而你也不了解崔斯坦和，呃，比如说加瑞斯吧，有什么不同。”

“有什么不同？”

“在过去，每个骑士都只想到自己。那些老骑士个个都是海盗，比如布鲁斯·索恩斯·匹帖爵士就是。他们知道，只要穿上铠甲就没人奈何得了他们，所以他们为所欲为，公然杀人、淫乱。亚瑟登基的时候，他们很生气。你知道，他相信这世上有是非对错。”

“他依然相信。”

“幸运的是，他的个性也像他这项理念一样顽强。他不过是认为人们行事应当温和些，却花了大约五年的时间才有所进展。我一定是头一批从他那里接收温和行事这个理念的骑士之一，我年轻时就接收这项理念，而且他让这念头成为我的一部分。大家总说我是个多完美、多温文的骑士，不过这和我一点关系也没有，这是亚瑟的理念，是他对加瑞斯他们这些年轻一代的期许，现在，这变成一种流行风尚了。而这引领我们去寻找圣杯。”

“那崔斯坦为什么是个傻瓜？”

“这个嘛，因为他就是啊。亚瑟说过，他是个小丑。他住在康瓦耳，从没接受过亚瑟的教导，不过他的确也抓住了这股流行风尚。他在脑子里塞进某种断章取义的念头，认为知名的骑士应该温文有礼，也一直迫切想达到这项流行的标准，但他没有切实了解这个理念，内心对这理念也没有任何感觉。他有点像是在模仿。他内心一点都不温文有礼，他对妻子很恶劣，而且老是欺负帕洛米德，只因帕洛米德是个黑人，此外，他更是大大羞辱了马克王。康瓦耳骑士都是老派人，心里一直都对亚瑟的理念抱有敌意，就算他们确实掌握了其中某部分也一样。”

“就像阿格凡。”

“对，阿格凡的母亲来自康瓦耳。阿格凡之所以恨我，就是因为我是这理念的代表人物。这事很有趣，不过我们三个——我是说拉莫瑞克、崔斯坦和我，曾被一般人称为最好的骑士，也是老派骑士痛恨的对象。崔斯坦被杀的时候，那些老派骑士很高兴，因为他在仿效亚瑟的理念；又，当然啦，以背叛罪名杀死拉莫瑞克的就是加文家族的人啊。”

“我认为，”她说，“阿格凡之所以恨你，不过就是出于酸葡萄的老套。我并不认为他会在意那个理念，不过他天生嫉妒比他优秀的战士。他讨厌崔斯坦，是因为他去欢乐堡途中败在崔斯坦手下；而他帮着杀死拉莫瑞克，是因为那孩子在长矛竞技排名赛中击败他；至于你，你把他击落马下多少次了？”

“我记不得了。”

“蓝斯，你发现了吗？在他所憎恨的人当中，另两个已经死了。”

“人迟早难逃一死。”

王后突然将发辫自他指间扯开，从椅上扭过身来，一手抓着辫子，睁圆着眼凝视他。

“我认为加瑞斯说的是真的！我认为他们今晚要来抓我们！”

她跳下椅子，开始将他往门推。

“走吧，趁还来得及。”

“但是，珍妮……”

“不，没有但是，我知道这是真的，我感觉得出来。这是你的斗篷。噢，蓝斯，拜托快走吧。他们从背后给了拉莫瑞克爵士一刀啊。”

“来，珍妮，不要为了无中生有的事慌张。这只是幻想……”

“这不是幻想。你听，你听。”

“我什么也没听到啊。”

“你看那扇门。”

此时用来拉起门上插销的把手（一块形似马蹄的锻铁）慢慢向左移动，像只螃蟹那样不确定地移动。

“门怎么了？”

“你看那把手！”

他们站在那里，着了魔似的看着那把手盲目地拉动、偷偷摸摸又犹疑不决地进行探索。

“噢，上帝。”她低语，“现在已经太迟了！”

那根把手落下，锻铁敲在门板的木头上，发出巨响。那是一扇很好的加厚双层木门，其中一层木板的纹理是直的，另一层则是横的，而此时有只金属手套正从门的另一侧击打。阿格凡的声音在他头盔的孔穴中回响，大喊着：“开门！以国王之名！”

“我们完了。”她说。

“叛徒骑士，”金属在木头上撞出极大的声响，门那头的声音大喊，“蓝斯洛爵士！汝已成瓮中之鳖！”

许多别的声音加入外面那阵吼叫的行列。众多甲具的关节再也没有必要保持警戒，所以在石梯上发出铿啷铿啷的响声。门板在闩木上撞击着。

蓝斯洛也不知不觉说起骑士语。

“这房里有铠甲吗？”他问，“可遮护吾身之铠甲？”

“这里什么都没有，连剑也没有。”

他面向那扇门站着，表情显得困惑又专注，咬着手指。有好几双拳头正在捶打那扇门，所以它震晃着，声音听起来就像是一群猎犬。

“噢，蓝斯洛，”她说，“没有什么好打的，而且你身上几乎什么也没有。他们全副武装，而且人多势众，你会被杀，我也会上火刑台，我们的爱情即将走向苦涩的结局。”

他因自己没能解决这个问题而生起气来。

“只要我有铠甲就行了，”他恼怒地说，“像只掉进陷阱的老鼠那样被抓，这实在太荒谬了。”

他环视房内，诅咒自己为何忘了带武器。

“叛徒骑士，”门外的声音轰隆隆作响，“从王后的房间出来！”

另一个声音美妙、沉着，愉快地喊道：“汝当明白，此地有十四名武装兵士，汝等插翅难飞。”那是莫桀，而门上的敲击声更加响了。

“真该死。”他说，“我们不能让这一直响下去。我得走了，不然他们会弄醒整个城堡的人。”

他转向王后，将她抱进怀里。

“珍妮，我想称你为我最高贵的基督徒王后。你会坚强吗？”

“我亲爱的。”

“我甜蜜的老珍妮，给我一个吻吧。在我心中，你一直都是个特别的好女人。从来没人破坏得了我们的爱，别让这次给吓着了。如果他们杀了我，记着波尔斯爵士。我所有的兄弟和侄子都会照看你。送信给波尔斯或德马瑞斯，若有必要，他们会出手救你。他们会安全地将你带到欢乐堡去，你可以在我的领地住下来，过着如现在王后般的生活。你明白吗？”

“如果你被杀了，我也不想获救。”

“你会的。”他坚定地说，“要有个人活下来好好解释我们的事，这很重要。这艰难的工作是你必须要做的。还有，我要你祈祷。”

“不。让别人去祈祷吧。如果他们杀了你，他们也能烧死我。我会像个基督徒王后那样从容赴死。”

他温柔地吻了她，让她坐在椅子上。

“现在争论这些已经太迟了。”他说，“我知道，无论发生什么事，你都还是那个珍妮，而我也还是那个蓝斯洛。”他仍自专心地环视房间，不经意地说道：“要是他们只冲着我来，那是还好；但他们硬把你扯进来，这实在很糟。”

她看着他，试着止住泪水。

“我愿意用脚来换取部分铠甲——就算只有一把剑也好，这样他们将记取教训。”

“蓝斯，如果他们杀了我，而保你平安，那我会很高兴的。”

“那样的话，我会非常伤心。”他答道，突然找回了他的幽默感。“好吧，好吧，我们得尽力而为。这得劳动我这把老骨头，不过我想我会喜欢的！”

他将蜡烛放在里蒙日箱的盖子上，这样他开门的时候，那些蜡烛就会在他身后。他捡起他的黑色斗篷，小心地将长的那一边折四折，然后缠在左手和前臂上，作为护手。他从床边拾起一只脚凳，稳稳地拿在右手，接着最后一次环视整个房间。此时，房外的噪音越来越响，有两个人显然想用战斧破门而入，不过双层木门的交错纹理对他们造成阻碍。他走到门边，扬声说话，门外登时一片寂静。

“各位好大人，”他说，“别再吵，也别再砍了，我这就开门，之后吾人但凭各位处置。”

“那就出来。”他们慌忙叫道，“来啊。”“汝等勿再反抗，反抗是无用的。”“让我们进房。”“如果你到亚瑟王那里去，我们将保汝之性命。”

他单肩抵住震荡不休的门，轻轻将闩木往回推进墙里，门那头的人感到有什么事要发生，停手不再砍劈。他先将右脚牢牢踏在离门边侧柱大约两英尺处，之后旋开门。门一颤，在他脚边停下，留下一道狭窄的开口，拉出一道缝隙，而非大开。接着，有位全副武装的骑士有如悬丝傀儡般顺从地孤身闯入，蓝斯洛使劲关上他身后的门，上闩，用衬着软垫的左手抓住那人的剑柄，将他往前一推，伸脚一绊，在他摔落地面时拿起凳子猛殴他的头，一转眼便坐到对方胸口上去——如他以前一样敏捷。这些事做来似乎轻松写意，仿佛那个武装的人一点气力也没有。这个穿着高大铠甲、巨塔般的人进入房内，站了一会儿，透过头盔缝隙搜索敌人，看起来很温顺——他仿佛是走进房里，将剑交给蓝斯洛，然后自己倒在地板上。现在这个高大的铁人仍顺从地躺在那里，赤脚的男人将剑尖插入头盔面甲。他用双手在剑柄端施力下压时，造成些许挣扎的颤动。

蓝斯洛站起身，在睡衣上擦了擦手。

“很抱歉我必须杀了他。”

他打开面甲，看了一眼。“是奥克尼的阿格凡！”

门那头传来一阵可怕的叫喊，交杂着捶击声、砍劈声和诅咒声。蓝斯洛转向王后。“帮我穿上铠甲。”他简短地说。她毫不抗拒，立即和他一起跪在尸体边，将关键的部分拆卸下来。

“听着，”他们在拆卸时，他说：“这会给我们一个公平的机会。如果我能逼退他们，我会回来找你，你就到欢乐堡去。”

“不，蓝斯。我们造成的伤害已经够多了。如果你能杀出去，你一定要远离此处直到事情平息。我要留在这里。若亚瑟原谅我们，若这事能够顺利平息，那时候你就可以回来。如果他不原谅我，你再回来救我。这个要怎么弄？”

“给我。”

“另一个在这。”

“你最好和我一起走。”他力劝道，同时挣扎着穿上无袖短铠，就像足球员穿运动衫那样。

“不，如果我和你走，一切就永远都完了。如果我留下来，我们还有机会能修补它。只要有必要，你总是可以来救我。”

“我不想离开你。”

“如果我被判刑，你就来救我，那么我答应你，我会到欢乐堡去。”

“如果不是这样呢？”

“用你的斗篷擦擦头盔。”她说，“如果不是这样，那你不久就能回来，一切都会完好如初。”

“很好。嗯，这样就好，我不需要别的了。”

他握着血迹斑斑的剑直起身，看着那个杀了自己母亲的死人。

“加瑞斯的哥哥，”他沉思道，“也许他喝醉了。虽然这么说有点可笑，不过——愿上帝让他安息。”

年老的女士让他面向烛光。

“这代表，再见了。”她轻声道，“暂时再见了。”

“这代表，再见了。”

“吻我？”她问。

因为他穿着铠甲，身上满是血污还覆着金属片，所以他吻了她的手。两人不约而同想着外面那十三人。

“我想让你带个我的东西在身上，蓝斯，还有，让你留个东西给我。你愿和我交换戒指吗?”

他们交换了。

“上帝与我的戒指同在，”她说，“就如同我与它同在。”

蓝斯洛转过身，走向门边。门外的人仍旧喊着：“从王后的房间出来！”“国王的叛徒！”“开门！”他们正尽其所能制造噪音，为这桩丑闻增温。他叉开双腿，面对那团混乱，以荣誉的语言回答他们。

“静下来，莫桀爵士，听吾一言。汝等全部离开此门，勿再吵闹、勿再做出中伤他人之举。离开此地，勿再出声。吾明日当面见国王，届时汝等身份、其中又有何人控我叛国，自见分晓。之后，吾将尽骑士本分，答复汝等控诉，表明吾今日来此并无阴谋诡计，吾将证明此言不虚，并且亲手好好给汝等一个教训。”

“呸，汝等叛徒，”莫桀的声音叫道，“吾等不会让汝等称心如意，汝命皆在吾人手中。”

另一个声音叫道：“吾等蒙亚瑟王授予生杀之权，可保汝等无虞，也可取汝等性命。”

蓝斯洛拉下面甲，遮住他那张隐蔽在阴影中的面孔，接着用剑尖推开门闩。坚固的木头砰地一声开了，门楣下涌入铁人和直立的火炬。

“噢，诸位，”他严峻地说，“汝等已无风度可言了吗？既是如此，请小心了。”

第八章

一周后，加文的族人在司法室中等待。因为窗户都没遮起来，在日光下，这个房间看来不大一样。它再也不是个盒子、再也不是四面带着些许威胁或虚伪冷漠的墙壁、再也不是诱使哈姆雷特出剑刺杀鼠辈的挂毯陷阱[1]。午后阳光自窗口洒入，照亮了那张拔示巴的挂毯，她在一座像是用玩具砖盖成的城堡城垛上，坐在浴盆里，露出一对浑圆的乳房——这束光让她认出大卫，他在隔壁屋顶上，头戴王冠、蓄着胡子、手拿一把竖琴——这束光还在一百匹马、成排并列的长矛、头盔和成套铠甲的地方形成涟漪，那是乌利亚被杀的战争场景。敌方骑士击中乌利亚的腹部，他跌落马下，看来像个没经验的潜水员。那把剑的前半已然没入他体内，所以这个可怜人就要变成两半了，还有很多逼真的朱红色虫子骇人地从伤口中涌出，那应该是他的肠子。

加文阴郁地坐在一旁为诉愿人而设的长椅上，叉着手臂，头靠

---

① 出自《哈姆雷特》第三幕第四场，御前大臣普隆涅斯躲在王后房内挂毯后面，偷听王后葛楚德与其子哈姆雷特之间的对话，误以为哈姆雷特要杀王后，出声呼救，因而为哈姆雷特所杀。

在挂毯上。加赫里斯坐在长桌上，正替鹰调整皮盔上的绳子，他想换掉它们，好让皮盔更密合。不过由于绳子交错的方式很复杂，所以他把自己搞得一团乱。加瑞斯站在他旁边，想把皮盔弄到自己手里，因为他确定他能搞定这件事。莫桀脸色发白，一只手臂吊着，靠在其中一扇窗的炮眼上往外看。他仍感到疼痛。

“这应该要从这道缝底下过去。”加瑞斯说。

“我知道，我知道。不过我想先把这个穿过去。”

“我来试试。”

“一下子就好。来了。”

莫桀站在窗边说：“刽子手准备开始了。”

“噢。”

“这将是场残酷的死刑。”他说，“他们用了干燥过的木头，不会有烟，所以她会在呛死前被火烧死。”

“你这样认为啊。”加文的语气不大高兴。

“可怜的老女人。”莫桀说，“人民几乎为她感到难过。”

加瑞斯猛地转向他。

“你以前就该想到这一点。”

“现在，上面。”加赫里斯说。

“我知道，”莫桀几乎是自言自语地继续说下去，“我们的国王大人一定会从这扇窗户观看这次执刑。”

加瑞斯勃然大怒。

“你就不能管住自己的舌头一会儿吗？任谁听了都会认为你享受着看人烧死的乐趣。”

莫桀轻蔑地答道：“你也会呀，真的。只有你才认为这样说有什么不对。他们会把只穿着无袖连身内衣的她活活烧死。”

“看在上帝的分上，别说了。”

加赫里斯以他那缓慢的调子说：“我不认为你有什么好担心的。”

莫桀突然看向他。

“你这话是什么意思？他没什么好担心的？”

“当然没什么好担心的。”加文生气地说，“你认为蓝斯洛不会来救她吗？再怎么说，他可决不是个懦夫。”

莫桀的脑子飞快转动，他在窗边的僵硬姿势让一种紧张不安的亢奋所取代了。

“如果他试图救她，就会引发战事。亚瑟王得和他对战。”

“亚瑟王会从这里往下看。”

“但是这太奇怪了！”他爆发了，“你是说，蓝斯洛可以在我们眼皮底下带王后逃走吗？”

“事情会是这样的。”

“但是这样就没人受到惩罚了呀。”

“天啊，老哥。”加瑞斯叫道，“你要看着她被烧死吗？”

“对，我要。对，我要。加文，你弟弟被杀了，你打算坐在这里，让这件事就这样发生吗？”

“我警告过阿格凡了。”

“加瑞斯！加赫里斯！你们这些懦夫！要他做点什么啊！你们不能让这事发生。他杀了你们的兄弟阿格凡啊。”

“莫桀，截至目前我对此事的了解，是阿格凡带了十三名全副武装的骑士，试图在蓝斯洛只穿件睡袍的情况下杀他。结果阿格凡自己连带十三名骑士都被杀了——只有一个例外，他逃跑了。”

“我没有逃跑。”

“你还活着，莫桀。”

“加文，我发誓我没有逃跑。我尽力和他打了。不过他打断我的手臂，之后我什么也不能做。我以我的名誉起誓，加文，我有试着和他打。”

他几乎哭了出来。

“我不是懦夫。”

“如果你没逃跑，”加赫里斯说，“蓝斯洛为什么杀了其他人却让你离开？他当然想杀了你们所有人，那样才不会有人证啊。”

“他打断了我的手臂。”

“对，但是他没杀你。”

“我说的是实话。”

“但是他没杀你。”

臂上的疼痛和愤怒让这男人像个孩子一样大叫起来。

“你们这些叛徒！永远都是这样。只因为我不够强壮，你们就反对我。你们站在那个孔武有力的笨蛋那边，不肯相信我的话。阿格凡死了，守灵式也举行了，你们却不打算为此惩处任何人。叛徒、叛徒！从以前到以后都一样！”

在他崩溃时，国王进来了。亚瑟看来很疲倦，他慢慢走向王座，坐了上去，之后比了个手势，要他们坐下。加文坐回先前的长椅上，加瑞斯和加赫里斯仍站着，他们带着怜悯的表情看着国王，背景衬着莫桀的啜泣声。

亚瑟用手抚摸他的前额。

“他为什么哭？”他问。

“因为他在向我们解释，”加文说，“蓝斯洛为何杀了十三名骑士，却又转念决定不该杀我们的莫桀。显然是因为两人惺惺相惜嘛。”

“我想我能解释这事。你知道，就在十天前，我要求蓝斯洛爵士不要杀我儿子。”

莫桀苦涩地说：“这真是谢谢您了。”

“你不用谢我，莫桀。该谢的人是蓝斯洛。”

“我希望他那时杀了我。”

“我很高兴他没下手。我们现在已经陷在这桩麻烦里了，儿子，试着有点感恩之心。记着，我是你父亲。除了你，我没有别的亲人了。”

“我希望我从未来到这世上。”

“我也希望，可怜的孩子。不过你已经出世了，所以我们得尽力而为。”

莫桀脸上带着一种虚假的羞愧之情，怀抱着恨意向他走去。

“父亲，”他说，“你知道蓝斯洛要来救她吗？”

“我想会的。”

“您有派骑士去阻止他吗？您安排了强大的守备吗？”

“守备已经尽可能加强了，莫桀。我试着公平行事。”

“父亲，”他热切地说，“派加文和这两位去加强守备。他会带着大队人马来的。”

“加文？”国王问。

“谢了，舅舅。我希望您别这么要求我。”

“加文，为了对已在那里的守备人员公平，我应该要求你。你知道，若我认为蓝斯洛会来，那么，只有很弱的守备就不公平了，因为那是背叛我自己的人马。他们会牺牲的。”

“不管您是否要求我这么做，把您的王权用在别人身上吧，我不会去的。我一开始就警告过这两位，我不会参与。我不想看到桂妮薇王后被烧死，我也得说，我希望她不会上火刑台，我也不会帮忙执刑。就这样。”

“这听起来像是叛国。”

“或许是吧，不过我个人很喜欢王后。”

“我也喜欢王后，加文。娶她为妻的人是我啊。但是现在这是公开的司法问题，不能考虑个人的感受。”

“我想我无法不考虑我的感受。”

国王转向其他人。

“加瑞斯？加赫里斯？你们能否答应我的请求，穿上铠甲去加强守备呢？”

“舅舅，请不要这样要求我们。”

“我也不想这样要求你们，加瑞斯。”

“我知道你不想，但请别逼我们这么做。蓝斯洛是我的朋友，我要怎么和他对打？”

国王触碰他的手。

“我亲爱的，不管对手是谁，蓝斯洛应该会希望你去。他也相信司法。”

“舅舅，我没办法和他对抗。册封我为骑士的人就是他啊。如果你要我去，我会去，但是我不会武装。我想我也是个叛徒吧。”

“即使我的手臂断了，”莫桀说，“我还是准备穿铠甲上阵。”

加文语气尖刻地说：“你应该够安全了，疯子。我们知道国王已经命令蓝斯洛不可以伤害你。”

“叛徒！”

“那加赫里斯呢？”国王问。

“我和加瑞斯一起去，不着武装。”

“我想我们也只能这么做。我希望自己已尽力而为了。”

加文从椅上起身，带着笨拙的同情，踩着沉重的步伐走向国王。

“您做的已比任何人想得到的都多了。”他亲切地说，用厚厚的手掌握住国王青筋毕露的手，“我们现在要向前看，希望有最好的结果。让我这几个弟弟不着武装去吧。只要他看得到他们的脸，就不会伤害他们。我留下来陪您。”

“那就去吧。”

“我该通知刽子手准备行刑吗？”

“是的，莫桀，如果你非这么做不可。把我的戒指给他，去贝德维爵士那里拿许可凭状。”

“谢谢，父亲。谢谢。这花不了多少时间。”

那张苍白的面孔炽烈地燃烧着，在这一刻显露一种奇怪而真实的感激，之后他便匆匆出去了。他跟在那两位要去加入守卫的兄长身后，眼神明亮，嘴唇神经质地扭曲起来。只留下老国王和加文在一起，国王将头埋进手中。

“他可以把这事处理得更得体一些。他可以试着不要表现得那么快乐。”

加文把他的手放在国王佝偻的肩上。

“别害怕，舅舅。”他说，“一切都会好转的。我相信蓝斯洛会及时救走她，不会造成什么伤害。”

“我试着尽我的责任。”

“您的努力令人赞赏。”

“我审判她是因为法律要审判她。我已经尽力让审判得以实行。”

“不过这审判不会执行。蓝斯洛会安全地带她离开。”

“加文，你不会认为我想让她获救吧。我是英格兰的司法，而现在我们的职责，就是无怨无悔地把她送上火刑台。”

“唉，舅舅，每个人都很清楚您如何努力过。不过，我们都打从心里希望她可以平安无事，这是无法改变的事实。”

“噢，加文，”他说，“我已经和她结婚这么多年了啊！”

加文转过身，走向窗户。

“不要自寻烦恼，这团混乱会好转的。”

“什么是好？”老人神色悲伤地喊道，眼神尾随加文的背影，“什么又是坏？如果蓝斯洛确实来救她，可能会杀死我派去烧死她的无辜守卫。他们信任我，而我派他们到那里去阻拦他，因为这就是司法。如果他救了她，他们就会被杀；而如果他们没有被杀，那她就会被烧死。但是加文，她会在可怕、燃烧的火焰当中被烧死——那是我深爱的桂妮啊！”

“别想了，舅舅。事情不会变成这样的。”

但是国王崩溃了。

“他为什么没有立刻前来？他为什么要等这么久？”

加文语气平稳，“他得等到她出现在公开场合，到广场上，否则他就得攻城了。”

“加文，我曾试着警告他们。就在他们被抓的前几天，我试着警告他们。不过这些事很难在不伤害人的情感下坦率直说。而我也是个傻瓜。我不想察觉此事。我希望只要我不弄清所有的事，事情最终就能解决。你认为这是我的错吗？你认为，如果我做了不同的选择，我能保全他们两个吗？”

“您尽力了。”

“我年轻时做了些不公不义的事，从那时起，它就成为我生命中不幸的泉源。你认为，如果你做了坏事后又去做好事，能够阻止坏事所带来的苦果吗？我不觉得。在那之后，我做了很多好事，想要堵住这不幸的泉源，但是它像涟漪一样越变越大，并没有被填塞住啊。你认为这件事也是我的报应吗？”

“我不知道。”

“这样的等待实在太可怕了！”他大叫道，“对桂妮来说一定更可怕。他们为什么不马上带她出来，结束此事？”

“他们很快就会这么做的。”

“这不是她的错。这是我的错吗？我该拒绝接受莫桀的证言，无视整件事的存在吗？我该判她无罪吗？我可以把我的新法放到一边去。我该那么做吗？”

“您是可以那么做。”

“我是照我的意愿来行事的。”

“唉。”

“但是司法又如何？最后的报应又是什么呢？报应、司法、不当的作为、淹死的孩子！我昨晚一整夜都看到他们围在我身边。”

加文改变声调，平静地说：“您一定要忘记那些事。您要集中力量克服那些困难。您会这么做吧？”

国王紧握王座的扶手。

“是的。”

“我想您得到窗户这儿来。他们要带她出来了。”

老人没有动，手指将那木头抓得更加紧了。他坐在那里，紧盯着前方。接着他将全身力量都撑在两只手腕上，逼自己站起身，去执行他的职责。如果他没有出现在刑场，处决就不合法了。

“她穿着白色的内衣。”

他们安静地站在一起，像是没有感觉的人一样看着。在这决定性的时刻，他们有某个部分是麻木的，这样的麻木反而让他们忍不住喋喋不休。

“唉。”

“他们在干什么？”

“我不知道。”

“祈祷吧，我想。”

“唉，那前面是个主教。”

“他们在检查祷词。”

“他们看起来真怪。”

“他们很普通啊。”

“我已经出现在大家面前了，”国王像个孩子般问道，“你想我能坐下吗？”

“您得留在这里。”

“我想我做不到。”

“您一定要做到。”

“但是加文，如果她向上看呢？”

“如果您不留下来，就不合法了。”

外头，就在那扇窗户下用透视法绘出的市集中，似乎有人唱着赞美诗，不过无法分辨出歌词或旋律。他们看到游行的牧师为死刑的礼仪而忙碌，闪闪发亮的骑士一动也不动地站着，人群环绕在广场外，看起来像是一个个椰子壳。要看见王后并不容易，她深陷在仪式的漩涡中，一下被带到这边，一下被带到那边，和一小群官员和忏悔神父会面，她被带到刽子手旁，接受劝说跪下祈祷，再接受忠告起身发表谈话，有人中伤她，有人拿蜡烛让她握在手里，有人原谅她，也有人要求她的原谅，她让那些人慢慢带向前去，将她的生命与仪典和尊严一同展示在人前。再怎么说，黑暗时代的合法谋杀是没有尊严可言的。

国王问道：“你看到有任何救援前来吗？”

“没有。”

“这可真漫长。”

窗外的吟唱声停止了，形成一片悲伤的沉默。

“还要多久？”

“还要几分钟。”

“他们会让她祈祷吧？”

“会的，他们会让她祈祷。”

老人突然问道：“你认为我们该祈祷吗？”

“您想祈祷我们就祈祷吧。”

“我们该跪下来吗?”

“应该没什么差别。”

“我们该说些什么?”

“我不知道。”

“我该说我们的父吗? 这是我唯一想得到的。”

“那样就好。”

“我们该一起说吗?”

“您想一起说，我们就一起说吧。”

“加文，我恐怕得跪下。”

“我站着就好。”奥克尼领主说。

“现在……”

就在他们开始不甚专业的祈愿时，模糊的号角声从市集另一头传来。

“嘘! 舅舅!”

祈祷的人话说到一半便停了下来。

“有一群士兵来了。我想是骑兵!”

亚瑟起身，靠向窗边。

“在哪?”

“是号角!”

这时，黄铜的音调清楚、尖锐而欢跃地穿透这房间。国王推着加文的手肘，用颤抖的声音大喊:“我的蓝斯洛! 我知道他会来!”

加文硬是将强壮的肩膀挤过窗框，两人贪婪地看着外面的情景。

“没错，是蓝斯洛!”

“瞧，他穿着银色的衣服。”

“银底、红色斜带纹的盾徽！”

“这潇洒的骑士！”

“看他们所有人！”

这确实值得一看。市集突然崩溃了，像是荒野大西部的景色。盛装水果的篓子破了，里头的椰子倾泻而出。守卫的骑士正要上马，他们一脚踩在马镫上，另一脚在战马旁边跳来跳去，马儿都以他们的主人为轴不断转圈圈。辅祭扔开香炉，神父横冲直撞地穿过人群，主教想要留下，却被推着往教堂方向走，他的权杖由几位忠诚的副主祭拿着，高举在那群混乱之上，像一面旗帜似的跟在后面。有顶罩篷原本是用四根柱子撑起来给某人或某样东西遮荫，现在柱子歪斜，罩篷也歪斜倾倒，就像是大西洋中进了水的小船。亮闪闪的骑兵穿戴着铿然武装，伴随着铜管乐音，像是突进的潮水涌入广场，羽饰有如印第安人头般摆荡；他们的剑扬起、落下，像是某种奇怪的机关。举行桂妮薇的最后仪式时，环绕在她身边的侍者成群离弃了她，她就像座灯塔般直立在那里，身上穿着白色内衣，高高绑在火刑柱上一动也不动。她在他们上面，战争就在她脚边开打。

“他们操控马匹奔跑和停止的手法真妙。”

“没有别人能像那样冲锋的。”

“噢，那些可怜的守卫！”

亚瑟扭绞着他的手。

“有人落马了。”

“是瑟瓦瑞德。”

“真是场混战。”

“他的冲锋，”国王激动地说，“向来无人能挡，一直都是。噢，这一击真妙啊！”

“佩提洛普爵士上了。”

“不，那是佩里蒙斯，是他兄弟。”

“看看阳光的良剑。看看那些色彩。打得好，吉利梅尔爵士，打得好！”

“不，不！看看蓝斯洛。看他是怎么刺、怎么砍的！现在落马的是阿格洛法。瞧，他去找王后了。”

“皮亚马斯会阻止他的！”

“皮亚马斯——胡扯！我们会赢的，加文，我们会赢的！”

那大个子扭着身体，热切地咧嘴笑了。“我们是谁呀？”

“好吧——应该说是‘他们’，你这傻子。当然是蓝斯洛爵士，他会赢的。皮亚马斯爵士上前了。”

“波尔斯爵士落马了。”

“没事。他们一会儿就会再把波尔斯弄上马。他来了，向王后这边来了。噢，看哪！他带件外衣和长袍给她。”

“唉，他带了。”

“我的蓝斯洛不会让我的桂妮薇只穿着件内衣见人的。”

“他是不会。”

“他把那些衣服套在她身上了。”

“她在微笑呢。”

“祝福他们。不过，噢，那些步兵啊！”

“你可以说，这事已经结束了。”

“他不会有过多的杀戮。这一点我们可以信任他吧？”

“这点我们是可以信任那男人。”

“那个落马的人是达马斯吗？”

“唉。达马斯总戴着红色羽饰。我觉得那种东西戴了也只会给人扯下来而已。他们的速度真快！”

“桂妮薇上马了。”

号角声再次传入房中，这次是不同的信号。

“他们一定是要走了。这是撤退信号。神哪，神哪，看看这一团混乱！”

“我希望不会有太多人受伤。你看到了吗？我们是不是该去帮他们？”

“还有很多人不愿屈服。”加文说。

“忠实的守卫。”

“有十多个呢。”

“勇敢的人啊！这全是我的错！”

“我看不出除了我弟弟外有谁错，而他现在已经死了。欸，他们最后一批人集结在那里，你看，王后的白袍被拥在最前面。”

“我该向她挥手吗？”

“不。”

“这样做不好，对吧？”

“是不大好。”

“那好吧，我想我不该这么做。不过，能在她离开时做点事总是好的。”

加文带着欢喜之情转向他。

“亚瑟舅舅，”他说，“您是个伟大的男人。我告诉过您，事情会好转的。”

“你也是个伟大的男人，加文，善良又仁慈的人。”

他们快乐地以古礼亲吻对方的双颊。

“好啦，”他们说，“好啦。”

“现在要做什么呢？”

“由您决定吧。”

老国王的视线在加文身上四处搜寻，仿佛想找出该做的那件事。他的年纪和那些惶惶然的话语都已从他身上消失。他的腰板挺直了些，双颊呈玫瑰色，眼旁的鱼尾纹向外伸展。

“我想我们应该先来点烈酒。”

“很好，叫见习骑士来吧。”

“见习骑士！见习骑士！”他对着门大叫，“你这天杀的跑到哪去啦？见习骑士！过来，你这小畜生，给我们拿点酒来。你这都做什么去了？看着你的女主人上火刑台吗？你可真是没有忠诚之心啊！”

那个满心欢喜的孩子原本楼梯爬上一半，此时应了一声，又咯噔咯噔地下去了。

“喝完酒以后呢？”加文问。

亚瑟快乐地回过神来，搓着手。

“我还没想到。总会有什么事发生。也许我们能让蓝斯洛道歉，或是做些类似的安排——然后他就可以回来。我们可以让他解释，王后叫他去，是要付给他先前雇用他在梅里亚格兰斯一事出战的费用，所以他才会在她房里，而王后不想让人谈论这笔费用的事。之后他当然得来救她，因为他知道她是无辜的。是的，我想我们可以做些这类的安排。不过他们日后得好好规范自己才行。”

然而，面对舅舅的热切，加文心中的热忱消散了，他看着地面，把话说得很慢。

“我怀疑……”他如是起头。

国王看着他。

“我怀疑，只要莫桀还活着，您就不可能和他言归于好。”

一只苍白的手拉起门边的挂毯，如鬼魂般的人倚在门上，他只穿着一半的铠甲，没有甲具保护的手肘吊了起来。

“只要莫桀还活着，”那人用完美的悲剧起始台词说道，“就不可能。”

亚瑟惊讶地转过身。他审视着那对狂热的眼睛，接着关切地走向儿子。

“为什么呢？莫桀！”

“为什么呢？亚瑟。”

“别那样向国王说话。你好大胆子！”

“绝对不要那样对我说话。”

缺乏起伏的声调让国王走到一半便停下脚步，现在他恢复了神智。

“来，”他慈爱地说，“我们知道这是场可怕的屠杀。我们从窗户看到了。不过，当然，你舅母应当是安全了，这样比较好，而且也符合所有司法形式的要求……”

“这是场可怕的屠杀。”

莫桀的声音听起来像是机器运作，不过带有深意。

“那些步兵……”

“垃圾。”

加文机械式地转向他的同母异父弟弟，整个身体都转了过去。

“莫桀，”他沉重地问，“莫桀，你是在哪里离开加瑞斯爵士的？”

“我是在哪里离开他们两个的？”

红发男子突然喊了出来，语调变得急促。“别模仿我，”他咆哮道，“不要像鹦鹉那样鬼叫。说他们在哪里就好。”

“去找他们吧，加文，就在广场的人群里。”

亚瑟开口：“加瑞斯和加赫里斯……”

“他们躺在市集上。因为鲜血，所以很难认出他们。”

“他们没受伤对吧？他们没有武装呢。他们没受伤吧？”

“他们死了。”

“胡说，莫桀。”

“胡说，加文。”

“但是他们没穿铠甲啊。”国王抗议道。

“他们可没穿铠甲。”

加文威吓地加重了语气。“莫桀，如果你在撒谎……”

“……那么正直的加文就会杀了他最后的血亲。”

“莫桀！”

“亚瑟。”他如是回应。他转向亚瑟，脸色僵硬如石，狂暴地混合着怨恨、漠然与悲伤。

“如果这是真的，那就太可怕了。谁会想要杀加瑞斯？他没有武装呢！”

“是谁呢？”

“他们只是去戒备而已，甚至不是去参战的，而且是因为我要求他们这么做才去。还有，蓝斯洛是加瑞斯最好的朋友，那孩子和班恩家族交情很好。这似乎不可能吧。你确定你没有弄错？”

加文的声音突然响彻房内。“莫桀，是谁杀了我的兄弟？”

“到底是谁呢？”

暴怒的加文朝那驼子冲去。

“我强壮的朋友，除了蓝斯洛爵士还有谁呢。”

“你这骗子！我要去看看。”

他跌跌撞撞地出了房间，脚步仍然急促，就像他刚刚冲向他弟弟那样。

“但是莫桀，你确定他们死了吗？”

“加瑞斯的头顶不见了，”他冷淡地说，“他表情很惊讶。加赫里斯则面无表情，因为他的头给劈成两半了。”

国王心中的疑惑更甚于恐惧，他的语调带着一种困惑的悲伤：“蓝斯不会这么做。他认识他们……他爱他们。他们没戴头盔，所以他应该认得出他们才对。册封加瑞斯为骑士的人就是他啊，他绝对不会做出这样的事。”

“当然不会。”

“但是你说他做了。”

“我说他做了。”

“一定是哪里搞错了。”

“一定是哪里搞错了。”

“你这话是什么意思？”

“我的意思是，纯洁而无惧的湖上骑士蒙你准许，让你戴了绿帽，又带走你的妻子，而且他离开之前，还杀了我两个兄弟来自娱——两个没有武装的人，而且都是他亲爱的朋友。”

亚瑟在长椅上坐下。年幼的见习骑士拿着他要的酒来了，向他鞠了两个躬。

“您的酒，大人。”

“把它拿走。”

“大人，仆役长路卡爵士问，他能不能帮忙带那些受伤的人进来，大人，还有，有没有可以裹伤的亚麻布？”

“去问贝德维爵士。”

“是的，大人。”

“见习骑士。”他在那孩子离去时出声叫唤。

“大人？”

“有多少伤亡？”

“他们说有二十位骑士死了，大人。骄傲的贝里恩斯爵士、瑟瓦瑞德爵士、葛里菲特爵士、布兰第莱爵士、阿格洛法爵士、托尔爵士、古特爵士、吉利梅尔爵士、雷诺德爵士的三位兄弟、达马斯爵士、皮亚马斯爵士、异乡人凯伊爵士、迪安爵士、兰贝格斯爵士、赫米迪爵士、佩提洛普爵士。”

“那加瑞斯和加赫里斯呢？”

“我没听说他们的情形，大人。”

魁梧的红发男子一边哭泣，一边以极快的速度再次奔回房内。他像个孩子般奔向亚瑟，啜泣着：“是真的！是真的！我找到人证了。可怜的加赫里斯和我们的小弟加瑞斯——他杀了他们两个，在他们没有武装的情况下。”

他跪下双膝，将沙白色的头埋进老国王的斗篷。

第九章

六个月后一个明亮的冬日，欢乐堡受围。阳光洒落的方向与北风垂直，因此犁沟东侧一片白霜。城堡外，椋鸟和田凫焦急地在冷硬的草丛中觅食；落叶树枯立在那，看来像是血管图谱或神经系统。如果你击打牛粪，发出的声音和木头没两样。一切事物都带着冬日的色彩，褪色的苔藓绿就像遗留在阳光下好些年的绿色天鹅绒靠枕。血管似的树和靠枕一样，树干上都有层绒毛。针叶树全都拉起葬礼的帷幕，水坑和极冷的护城河都发出冰裂声。欢乐堡独自矗立，那是一幅在黯淡阳光下的美景。

蓝斯洛的城堡并非难以接近。这座亚瑟即位时代的老式要塞已让繁复的防御工事所取代，这是现在很难想像的。你不能把它想成今日可见，在石头当中夹杂破碎灰泥的废弃堡垒。它抹上了灰泥。他们在灰泥里头搀了铅黄，所以它带点淡金色。铺着石板的塔楼呈法式圆锥形，上百个出人意料的气口攒簇在错综复杂的城垛上。数条古怪的小桥像叹息桥[①]一样覆着顶盖，从这座小礼拜堂通到那座

① 叹息桥，意大利威尼斯连接总督府与监狱的著名廊桥，犯人在总督府受审后，通过此桥前往监狱。

塔。外面还有楼梯，天晓得是通到什么地方去——或许是天堂吧。烟囱突然自堞口穿出，真正的彩绘玻璃镶在高处，安全无虞，在原本空无一物的墙上闪着微光。方旗、耶稣受难像、滴水兽、排水口、风向鸡、尖顶与钟塔全都挤在突出的屋顶上；屋顶向四方延伸，有时铺着红瓦，有时是生着绿苔的石头，有时则是石板片。这地方是个小镇，而非城堡。它是块松碎的馅饼，而非老洛锡安未发酵的硬面包。

欢乐城堡的周围是围城者的营地。在那个年代，国王出外征战时会带着自家的挂毯，而这些挂毯是一项用来衡量营区的标准。帐篷有红色、绿色、格纹、条纹，有些是丝制的。这个迷宫充满了色彩与固定索、营钉与长矛、玩棋的人和随军小贩、悬着挂毯的内室和金餐具。英格兰王亚瑟坐了下来，打算饿死他的朋友。

蓝斯洛和桂妮薇站在大厅的炉火旁，房间中央的炉火已然不再明亮，逸散出黑烟，恰好自上方塔楼穿出。这里有座合适的火炉，上面满是班威克家族和支持者的纹章雕刻，铁栅里有半棵树在焖烧。外面的冰霜让地面变得太滑，马匹无法行走，所以虽然没有宣告，但今天是休战日。

桂妮薇说："我不懂你怎么会搞成这样。"

"我也不懂，珍妮。我甚至不知道我做了，直到所有人都这么说。"

"你记得什么吗？"

"我想我那时很激动，而且很担心你，一群人对我挥着武器，而一群骑士想阻拦我。我得杀出一条路来。"

"这似乎不像你。"

“你不会以为我想这么做吧？”他苦涩地问道，“加瑞斯喜欢我更甚于他的兄弟。我几乎可说是他的教父啊。噢，看在上帝的分上，别说了。”

“别介意。”她说，“我敢说他置身事外会比较好，可怜的人。”

蓝斯洛沉思，踢踢炉中的圆木，一只手臂放在壁炉上，看着余烬中的光。

“他有对蓝眼睛。”

他停下来，在火光中想着那对眼睛。

“他来到宫廷时，不肯说出他父母的名字。因为他一开始为了要来这里，从家里逃走。他母亲和亚瑟有仇，那个老女人不愿意让他来。不过他不能不来。他要这股浪漫、骑士精神和荣誉。所以他逃到我们这里，而且不肯说出他是谁。他没有请求成为骑士。对他来说，只要待在这个伟大的中心就够了，但后来他证明了他的力量。”

他把一根岔出的树枝推回去。

“凯伊带他进厨房工作，给了他‘大小姐’的绰号。凯伊一直是个混蛋。于是……这好像是好久以前的事了。”

寂静中，他们站在那里，将手肘靠在壁炉架上，脚对着炉火；轻飘飘的火灰慢慢往下落。

“有时我会给他点小费，让他给自己买点小东西。这位厨房见习骑士大小姐。不知为何，他很喜欢我。就是我用这双手册封他为骑士的。”

他以讶异的表情看着自己的手指，仿佛以前没见过它们似的动了动。

“后来他出外探险，与绿骑士对战，我们发现他是个多么了不起的战士……”

“温和的加瑞斯，”他的语气几乎带着惊异之情，“我用同一双手杀了他，只因为他拒绝武装反抗我。人类真是种可怕的生物！如果我们从田野中走过时看到一朵花，我们却用棍棒砍下它的头。加瑞斯就是这么走的。”

桂妮薇悲伤地执起那只有罪的手。

“这事你无能为力。”

“我可以做点什么。”他陷入惯常的宗教伤感之中，“这是我的错。你说对了，这不像我。这是我的错，我的错，我的大错。都是因为我任自己在那群人当中乱砍乱杀。”

“你得救人啊。”

“对，但我只能和武装骑士对战。然而我放任自己对那些一点机会也没有的半武装步兵乱砍乱杀。我全身上下都是铠甲，他们身上只有强化皮甲，就只是皮革加上扣钉而已。不过我砍了他们，而上帝为此惩罚我们。因为我忘了我的骑士风度，所以上帝让我杀了可怜的加瑞斯，还有加赫里斯。”

“蓝斯！”她语气尖锐。

“我们现在陷在地狱般的悲惨中。”他拒绝听她说话，继续往下说，“现在我必须对抗我的国王，那位让我成为骑士、教导我一切的国王。我怎么能够对抗他？我又怎么能够对抗加文？我杀了他三个弟弟，怎能再加重我的罪过？但加文绝不会放过我的，现在他永远不会原谅我了。我不怪他。亚瑟会原谅我们，但加文不会让他这么做。眼下除了加文，没人想打仗，而我得像个懦夫一样被围困在这个洞穴里，等一下他们就会带着号角到城外来，开始唱：

“叛徒骑士
出来迎战吧。
耶！耶！耶！”

“他们唱些什么不重要，你不会因为他们唱那些歌就变成懦夫。”

“我的人也开始这样想了。波尔斯、布拉莫、布雷欧贝里斯、莱尼尔——他们一直要我出去迎战。但要是我出去了，会发生什么事呢？”

“截至目前为止，”她说，“我所知道的事实是你打败了他们，然后你放他们走，拜托他们回家。每个人都尊敬你的仁慈大度。”

他把头藏在肘弯里。

“你知道最后一战发生什么事吗？波尔斯和国王本人进行长矛比试，把国王打下马，接着自己也跳下马，拔出剑站在亚瑟面前。我看到了，发疯似的冲过去，波尔斯说：‘我该终止这场战争吗？’我大吼，汝好大胆，当心汝之首级。所以我们扶亚瑟上马，然后我求他，我跪下来求他，要他走。亚瑟哭了，他热泪盈眶看着我，一句话也没说。他看起来老了好多。他不想和我们打，但是有加文在。加文曾站在我们这边，但是邪恶如我，竟杀了他的弟弟。”

“别提你的邪恶吧。这事是加文的坏脾气和莫桀的狡猾所引起的。”

“如果只有加文，倒还有一丝和平的希望。”他悲叹，“他内心还是正直的，他是个好人。但是莫桀一直暗中影响他，让他痛苦。还有盖尔和高卢两族的宿怨，还有莫桀弄出来的新团体。我看不到尽头啊。”

王后再次提出她已经说过一百次的建议：“如果我回到亚瑟身边，任他处置，会有用吗？”

“我们已经提议过，他们拒绝了。不用去面对那些，毕竟他们可能还是会烧死你。”

她离开壁炉，向窗口的大型炮眼走去。围城工事在外面底下展开，有几个迷你的敌营士兵正在结冰的池塘上快乐地玩着一种叫“狐与鹅”的游戏[①]。因跌倒而引发的明亮笑声远远地传了上来。

“战争一直持续，”她说，“那些不是骑士的步兵被杀了，却没人注意到。”

“一直持续。”

她没有回头，“亲爱的，我想我要回去，回去改变这样的事。就算我要上火刑台，也总好过这样的麻烦。”

他随着她来到窗户旁。

“如果这有任何帮助，珍妮，我会和你一起回去。如果我们一起去让他们砍头就有希望停止这场战争，我们可以试试。但是所有人都疯了。就算我们是自愿牺牲，但要是我们被杀，波尔斯、艾克特和其他人也会记着这笔仇。还有很多仇恨正在形成，有的是为了我们在市集和阶梯上杀死的人，有的是为了亚瑟过去五十年间的

① 狐与鹅（Fox-and-Geese），一种北欧传统的桌上游戏，玩者分别扮演狐与鹅，狐要捉鹅，而鹅要想办法把狐围住。

事。我很快就没办法约束这些事了，即使现在也一样。赫贝斯·勒雷诺米、勇敢的维利尔、匈牙利的乌利，他们将会为我们复仇，然后事情越演越烈。乌利实在太过感恩戴德了。”

“文明教化似乎已经变得疯狂了。”她说。

“是的，而且似乎是我们让它变成这样的。波尔斯、莱尼尔和加文都受了伤，每个人都疯狂嗜血。我必须带着我的骑士突围，四处奔走，假装出手攻击。或许亚瑟将被力劝对付我，否则来的就是加文，那样一来，我就得用盾把自己遮护起来，保护自己，绝不能还击。其他人注意到我这么做，会说我没有尽全力，拖延战事，让他们更加悲惨。”

“他们说的是实话。”

“这当然是真的。但我若不如此，就得杀了亚瑟和加文，我怎么能那么做？除非亚瑟带你回去，离开这里，否则状况不会比现在好到哪去。”

要是二十年前，她可能因这种不得体的提议火冒三丈。然而现在他们已来到人生的秋季，所以她笑了。

“珍妮，这么说或许很可怕，但这是事实。”

“这当然是事实。”

“我们就像对待傀儡娃娃那样对待你。”

“我们都是傀儡。”

他将头靠在炮眼的冰冷石头上，直到她拉起他的手。

“别想了，耐着性子待在城堡里。也许上帝会照看我们。”

“这话你以前也说过一次。”

“是啊，在他们抓到我们前一周说的。”

“就算上帝不照看我们，”他苦涩地说，“我们也可以去找教宗。”

“教宗！”

他抬起头来。

“怎么了？”

“噢，蓝斯，你说的是……如果教宗向两边发出诏令，说要是我们不谈判就把我们逐出教会的话呢？要是我们诉请教宗裁决呢？波尔斯和其他人会接受的。当然……”

在她选择要用什么字眼来表达时，他亲密地看着她。

“他可以指派罗契斯特主教来主持和平谈判……”

“但是要谈什么？”

然而她已经掌握了想法，为此变得急切起来。

“蓝斯，不管要谈什么，我们俩都得接受。即使这意味着……即使会对我们不利，至少能带来和平。而我们的骑士得听命于教会，所以他们也没理由继续寻仇……”

他说不出话来。

“怎么样？”

她转向他，表情镇定祥和——那是女人在照顾别人或胜任其他工作而获致成就时特有的满足与内敛神情，他不知该如何回应。

“我们明天可以派出一名信使。”她说。

“珍妮！”

他无法忍受她竟容许自己被从这人手中送到另一人手中，他们青春不再，或者他就要失去她，或者他不会失去她。他被夹在人民的生命、他们的爱情与他的亲族之间，除了羞辱，什么也没了。她看出这一点，也就用这点来帮助他。她温柔地亲吻他。外头的例行合唱又开始了：

“叛徒骑士
出来迎战吧。
耶！耶！耶！”

“那么，”她轻抚他的白发，“别听那些。我的蓝斯洛必须留在城堡里，而且将会有个快乐的结局。”

第十章

“所以教宗为他们下令休战了。”莫桀冷冷地说。

“欸。”

加文和他在司法室里等待最后阶段的协商。他们两人都穿着黑衣——然而两人有着奇怪的差异：加文看来像个掘墓人，而莫桀那身衣服显得灿烂辉煌，就像哈姆雷特。自从莫桀变成某个有名团体的领袖，他就开始做这种戏剧性的简单打扮。该团体的目标是某种民族主义，要盖尔族自治，还要屠杀犹太人，好报复那位传说中的圣徒——林肯的圣休①。他们已有好几千人，遍布全国，全都佩戴他的徽章：一只血红色的手紧握着一根鞭子；而他们自称为“持鞭人”。至于年纪较长的那名男人，他只是穿着制服来取悦他弟弟，那是朴实的黑色衣料，代表真实、绝望、深沉的哀叹。

“真有趣，”莫桀继续说道，“如果不是因为教宗，我们绝对看

---

① 林肯的圣休（Hugh of Lincoln，1135？—1200），英国有名的圣徒。他在林肯担任主教期间，曾保护犹太人免于受到武力迫害。

不到这么美丽的游行队伍，人人都带着橄榄枝，那对无辜的情人还穿着白衣。”

“这是一场很好的游行。”

加文的心思无法轻易走上讽刺的路子，所以他把这些讽刺当成事实的陈述了。

“这场戏自导自演得真好。”

那位兄长不自在地动了动，仿佛想放轻松点，不过他又恢复原来的姿势了。

他像是提问还是求助般，含糊地开口：“蓝斯洛在信里说，他误杀了我们的加瑞斯。他说他没看见他。”

“这就是说，蓝斯洛杀了加瑞斯是因为他对着那些没有武装的人乱砍，并没看清楚那些人是谁。他一向都以此闻名呀。”

这一回，话中的讽刺重到连加文都听得出来。

“我觉得似乎不是如此。”

“似乎？当然不是。这不是蓝斯洛的作风。他可是永远都饶恕别人的英勇骑士，从没杀过比自己弱小的人呢。蓝斯洛会这么受爱戴，就是因为他走了这条轻松的捷径。你觉得他会突然放弃这样的伪装，不顾一切开始杀害没有武装的人吗？”

加文徒劳地试图表示公正：“他似乎没有理由杀害他们。”

“理由？加瑞斯是我们的兄弟吧？蓝斯洛杀他是为了要报复，因为我们家族抓到他和王后在一起。”

他更加小心地加上一句：“也因为亚瑟喜欢你，所以他嫉妒你拥有的影响力。他根本就是计划好了，要削弱奥克尼一族的力量。”

“他削弱的是他自己的力量。”

“还有，他嫉妒加瑞斯。他怕我们的兄弟会窃占他的名声。我们的加瑞斯在模仿他，这事可不大合那位英勇骑士的意。这两个骑士当中总有一个要蒙羞。”

司法室已经准备好要成为最后的舞台。这房间看起来很荒凉，只有两人在里面。他们以一种奇怪的方式坐在王座的台阶上，一人坐在另一人身后，也就是说，他们并没有看着对方的脸。莫桀看着加文的后脑勺，加文则看着地板，他有点哽咽地说：“加瑞斯是我们当中最好的人。”如果他很快转过身去，可能会为对方目光中的意图感到诧异。那张年轻面孔的表情和他音乐一般的声音彼此冲突。如果你凑近看，可能会注意到莫桀的样子在过去六个月来变得更怪异了。

“他是个好人，”他说，“却让他所崇拜的那人给杀了。”

“这事给了我一个教训，绝对不要信任南方人。”

莫桀以一股几不可察的方式加重语气，改变话中的代名词。

“是啊，这事给了我们一个教训。”

这个年迈的暴君转过身来。他抓住那只白色的手，语气困惑：“我以前认为这是阿格凡的错——阿格凡和你的错。我认为你对蓝斯洛爵士有很深的成见。我真惭愧。”

“血浓于水。”

“确实如此，莫桀。一个人可能会响应理想——响应是非对错诸如此类的事情，不过最后还是会回归你的亲族同胞。我记得加瑞斯以前会去洗劫神父在断崖边的小果园……”

他的语尾不确定地拉长，直到纤瘦的男人给了他一些提示。

“他还是个孩子的时候，头发就已经几乎全白了，非常漂亮。”

“凯伊以前叫他‘大小姐’。”

“那是种侮辱。”

“欸，不过这也是事实。他就像大小姐一样，有双漂亮的手。”

“现在他进坟墓了。”

血色冲上加文眉间，他的太阳穴青筋暴凸。

“上帝诅咒他们！我不想要这种和平。我不想原谅他们。亚瑟王为什么要设法平息这件事？这又干教宗什么事？被杀的人是我兄弟，又不是他们的兄弟，全能的上帝啊，我要复仇！”

“蓝斯洛会从我们指缝间溜走的。他是个很油滑的人，抓不住的。”

“他溜不走的。我们这次逮到他了。康瓦耳人已经原谅太多事了。”

莫桀在阶上挪了挪。

“你有没有想过，圆桌对康瓦耳和奥克尼做了什么？亚瑟的父亲杀了我们的祖父，亚瑟引诱我们的母亲，而蓝斯洛就在弗罗伦斯和洛佛[①]面前杀了我们三个兄弟。我们却在这里出卖我们的荣誉，以便调停这两个英格兰人的争执。这看起来很懦弱吧？”

“不，不是懦弱。教宗可能会逼国王带回他的王后，但他的诏书里完全没提起蓝斯洛爵士。我们会给他一个庇护所，让他把那女人带来，然后我们也会让他走。不过，在那之后……”

---

① 弗罗伦斯和洛佛（Florence and Lovel），在马洛礼爵士的《亚瑟之死》中，他们是加文的两个儿子。

“到了现在，为什么该让他逃出我们的掌心？”

“因为他已经有通行令状。上帝啊，莫桀，我们可是骑士啊！”

“所以我们不能堕落地要下流手段，就算我们的敌人这么要也不行。”

“欸，要公平。我们要让这头野猪走上法律途径，让他接受死刑。亚瑟已经失败了——他会照我们的意志去做。”

“整件事已经起动，”莫桀爵士说，“可怜的国王已经完全无法掌控了呢，真令人难过。”

“欸，是很令人难过。不过他懂得是非之别。”

“他倒是变了嘛。”

“你是说，他失去了权威吧。”

“你也猜得太快了。”

他讽刺别人就像戏弄瞎子一样容易。

“他没法面面俱到。他一开始就不该把那个叛徒放在身边。”

“也不该娶桂妮为妻。”

“欸，这个问题一直都横在他们之间，挑起战端的并不是我们。”

“确实不是。”

“国王一定要为司法正义挺身而出，就算教宗要他把那女人带回他的床，我们也有权向蓝斯洛爵士讨个公道。老弟，从他带走王后、杀害我们兄弟的那一刻起，他就已犯下滔天的叛乱罪。”

“我们绝对有权向他讨个公道。”

那个强壮的家伙再次握住另一人的手；苍白的手被握在教会司事粗厚的掌中。他好不容易才开口道：“孤独实在很令人难受。”

“我们是同母所生的兄弟啊，加文。”

“欸!”

“她也是加瑞斯的母亲……”

“国王驾到。”

这场调停剧已经抵达最后的舞台。随着庭中号角响起，教会与政府双方要人开始慢慢走上楼梯。那些朝臣、主教、传礼官、见习骑士、法官和观众入场时都说着话。室内就像是一个以挂毯为四壁的空花瓶，慢慢开始插入鲜花。在此绽放的是那些面色白皙的贵妇人，她们头上戴着牛角或甜筒式的头巾、或像《爱丽丝梦游仙境》里那位公爵夫人头上的惊人便帽。她们身上的紧身衣色彩鲜亮，腰身拉高到腋下，配着长裙和平滑的袖子，是用来自的黎波里的精纺毛布、塔夫绸或玫瑰花布裁制，这些娇弱的生物身上带着没药和蜂蜜（她们用来清洁牙齿）的香气，游到她们的位子上。走在流行尖端的年轻侍从（许多人还带着莫桀的徽章，表示他是“持鞭人”）是她们的追求者，他们脚穿着装模作样的长趾鞋，根本没法上楼，只能在楼梯底脱下鞋子，再让他们的见习骑士把鞋带上去。这些年轻人给别人的主要印象就是包在长袜里的双腿——甚至有必要通过一项节制法令，坚持他们的外套长度要能遮住屁股才行。而那些责任重大的议员戴着非常特别的帽子，其中有些看起来像是茶壶保温套、阿拉伯式缠头巾、某种鸟类翅膀、暖手筒。他们的长袍打了折、加了衬垫，衣领是高轮状皱领式，此外还佩着肩章，带子上镶有宝石。教堂执事戴着整洁小巧的无边便帽，好让他们的剃发处保持温暖；与俗人有别的是，他们衣着朴素。一位来访的枢机主教戴着一顶缀有华丽缨穗的帽子，至今仍用来装饰牛津沃尔西学院的便笺[①]。还有各式各样的毛皮，有人将黑色与白色羊毛做了巧妙的安排，缝成相对的菱纹。这些人听起来就像是一群嗡嗡鸣叫的椋鸟。

这是这场调停剧的第一幕。第二幕一开始，预警的号角声从近处响起，熙笃会修士、秘书、副主祭和其余宗教人士来了，他们带着墨水（用黑刺李木的树皮煮成）、羊皮纸、吸墨沙、印玺、笔以及抄写员写字时拿在左手上的小刀。他们还带了符木棒[②]和最后一次会议的记录。

第三幕是受命为教廷大使的罗契斯特主教。虽然他把罩篷留在楼下，教廷大使的身份不容置疑。他是位满头银丝的长者，身穿白袍、外披法衣，握有权杖，还戴着戒指——这位彬彬有礼的圣职人员了解属灵的力量。

最后，号角声在门边响起，英格兰王驾临。沉沉的貂皮覆住国王的双肩和左臂，并在他右臂垂下一条长带，他穿着蓝色天鹅绒斗篷，头戴一顶极其华丽沉重的王冠，那顶王冠得由几名适任的官员撑着（几乎确实是“撑”字面上的意思）；国王在引导之下走向高台上的王座；金色的王座罩篷绣着许多后腿直立的红龙。人群向两旁分开，加文和莫桀走出来与国王会合。国王在别人安排之处坐了下来，站立的教廷大使也在王座对面挂着白金双色装饰的座位落座。嗡嗡声停了。

---

① 此指托马斯·沃尔西（Thomas Wolsey，？—1530），亨利八世时的枢机主教，权倾一时，但因无法帮国王办成离婚而被撤职。牛津沃尔西学院指的是著名的基督教堂学院（Christ Church），沃尔西于一五二五年建立，该学院的徽章仍有代表沃尔西枢机主教的红色帽子，下缀华丽的缨穗。

② 符木棒（tally stick），古代刻痕记数的木签。

“我们准备开始了吗？”

罗契斯特主教的声音像教士一样，缓和了紧张的气氛。“教会已经准备好了。”

“政府这方面也准备好了。”

那是加文低沉的声音，带着些攻击的意味。

“在他们过来以前，我们是不是该先做点安排？”

“已经安排得很好了。”

罗契斯特的眼睛看向奥克尼领主。

“我们要谢谢加文爵士。”

“不客气。”

“这样一来，”国王说，“我想我们得告诉蓝斯洛爵士，法庭已经准备好，就等他过来。”

“贝德维老兄，带犯人进来吧。”

要注意，加文习惯代表国王说话，而亚瑟也让他这么做。但教廷大使可就没这么顺从。

“等一下，加文爵士。我已经指出，教会这边并不认为这些人是罪犯。我此行任务是代表教宗进行和谈，而非复仇。”

“教会要怎么看待这些犯人就怎么看待。我们已经做了教会要求的事，但是我们要依自己的烂方法去做。把那些犯人带进来。”

“加文爵士……”

“为王后陛下吹号角吧，法庭就座。”

现场响起像是某个糟糕剧场的音乐，外头也传来相和的音乐，所有人的头都转向门口。

丝绸与毛皮磨擦声沙沙响起，一列队伍拖着脚步向前移动。那道拱门打开了，蓝斯洛和桂妮薇就在那里等待他们的判决开始。

他们的庄严姿态中带了点悲哀的意味，就好像他们做了伪装，但那身装扮却又不大合适。他们的白衣外披着金色薄纱，而那位不再年轻可爱的王后以一种不甚优雅的方式拿着橄榄枝。他们怯怯地走了过来，就像那些善意的演员，虽然想把事情做好，却不善于演戏。他们跪在王座前。

“我强大无畏的王啊。”

这个一致的举动引来莫桀的注意。“真美妙啊！”

蓝斯洛看向奥克尼族的兄长。“加文爵士。”

奥克尼背过身去。

蓝斯特转向教会。“罗契斯特大人。”

“欢迎你来，我的孩子。”

“我遵照国王和教宗的命令，带桂妮薇王后前来。”

之后是一阵难堪的静默，没有人敢出面为他们说话。

“若无人回应，那么，我有责任担保英格兰王后的清白与无辜。”

“骗子！”

“我来此，系以性命担保，王后对国王明白而真诚、善良而清白，为此，我将接受国王与加文爵士以外任何人的挑战。这项提议，乃我对王后的义务。”

“圣父让我们接受你的提议，蓝斯洛。”

在房中增长的怜悯之情再次被奥克尼一族破坏了。

“汝出此言，真是恬不知耻。”加文叫道，“王后可待他人之宽宥。但汝这虚伪懦夫，因何杀死吾弟，杀害爱汝更甚于吾族之人？”

这两位伟大的男人都开始使用骑士语，以配合这个场合和他们心中澎湃的情绪。

“上帝助我，我不会为自己找借口，加文爵士。我宁愿我所杀的是我自己的侄子波尔斯爵士。但我没有看到他们，加文，而我为此付出了代价！”

“你无视于我、无视于奥克尼一族，你杀了他们。”

“加文爵士大人，你的看法实在令我深感悔憾。”他说，“因为我知道，如果你反对我，我就无法与国王和解。”

“老实说，蓝斯洛，你今天是在通行令状与庇护所的保护之下带王后前来，但是你预谋杀害他人，所以你得离开。”

“你是说如果我预谋杀害他们；上帝宥我，大人。但我从未犯下同袍相残之罪。”

他力表自己的无辜——但言者无心，听者有意。加文一手拍在匕首上，大吼：“你是那个意思吧。你是说拉莫瑞克爵士……”

罗契斯特主教举起手套。

“加文，我们可以把这项争论留到日后再谈吗？当务之急是要迎回王后。蓝斯洛爵士当然想对这件事做出解释，教会才能为此和谈提出合理的依据。”

“谢谢您，大人。”

加文盯着他看，直到国王疲倦的声音促使整件事继续进行。他们一路停停行行，十分笨拙。

“有人抓到你和王后在一起。”

“大人，我受到召唤，在不知原因的情况下，到我的女士、你的王后那里去；但我才刚进房，阿格凡爵士与莫桀爵士便来敲门，说我是个叛徒、不义的骑士。"

"他们说得没错。"

"加文爵士大人，那场争执证明他们错了。我这样说，是为了王后，而不是为了我的名声。"

"很好、很好，蓝斯洛爵士。"

残缺骑士转向他那位老朋友，他此生第一位深自敬爱的人。他没再说骑士语，改用日常语。

"我们无法获得宽恕吗？我们再也不是朋友了吗？我们根本不用回来，亚瑟，但我们带着忏悔之心回来了啊。你不记得以往我们以朋友身份并肩作战的时光吗？只要你愿意放我们一马，这一切都可以在加文爵士的好意之下平复的。"

"国王要公正执法。"红发男子说，"你曾放过我那几个弟弟吗？"

"加文爵士，我已放过你们所有人了。如果说，这个房间有许多人的自由、甚至他们的生命原本都是我的，我说这话一点都不夸张。我曾在他人挑起的争端中为王后出战，为何不能在我挑起的争端中为她出战？我也曾为你而战，加文爵士，那让你免于不名誉的死亡。"

"但是现在，"莫桀说，"现在奥克尼一族只剩两人了。"

加文猛地转过头去。

"国王可依他的意志来处理此事。至于我，六个月前我发现加瑞斯爵士没有武装倒在血泊中，就已下定决心了。"

"我向上帝祈求他当时已然武装，那样他或许就能免于一死，或许他也能杀了我，我们现在就不需要这么悲伤了。"

“真是高贵的演说啊。”

这名老人突然激动地对着任何能听进他话的人大喊：“为什么你会以为我想要杀他们？封加瑞斯为骑士的人就是我。我爱他啊。听到他的死讯时，我知道你们绝不会原谅我。我知道这表示没希望了。我并无意杀害加瑞斯爵士。”

莫桀低语道：“我们也不想他死。”

蓝斯洛最后一次试图说服对方。

“加文，原谅我。我的心也为我所做的事淌血。我知道你多痛苦，因为我也为此感到痛苦。如果我苦行悔过，你愿不愿意让我们国家的战火平息呢？不要逼我为自己的生命而战，让我为加瑞斯朝圣吧。我会穿着衬衣，赤着脚，从三明治港出发，走到卡利西。其间每十英里路，就以他之名捐奉弥撒。”

“加瑞斯的血，”莫桀说，“在我们看来是无法用捐奉来偿还的——虽然罗契斯特主教应该会非常高兴。”

老骑士耐性尽失。

“你闭嘴！”

在此同时，加文的怒火也燃烧起来。

“放文明点，你这杀人的疯子，否则我们会在国王脚下将你就地正法！”

“这还需要……”

教廷大使再次介入调停。

“拜托，蓝斯洛爵士。我们之中总要有些人能控制情绪、表现合宜。加文，坐下。他提出的条件是以加瑞斯之血为名苦行悔过，让战争结束。说出你们的答案吧。”

在这阵众所期待的静默当中，红发巨人提高声调："我已经听到蓝斯洛爵士的演说和他伟大的提议了，不过他杀了我弟弟。我可能永远无法原谅这件事，因为他背叛了加瑞斯爵士。如果我舅舅亚瑟王想与他和解，那么，我本人与盖尔一族将不再服侍国王。不管我们怎么说，我们都知道事实真相。对国王和我本人来说，这人是个叛徒！"

"加文，那些说我是叛徒的人全都死了。王后的事我已经解释过了。"

"这事已经解决了。既然不能对那女人提出什么含沙射影的指控，我就什么都不说。我只是指出你的判决会是什么样子。"

"如果这是国王的判决，那我接受。"

"在你来以前，国王就已经与我达成共识了。"

"亚瑟……"

"以国王的头衔来称呼他。"

"大人，这是真的吗？"

那老人只是低下头去。

"至少要让我听到国王亲口说！"

莫桀道："说话呀，父亲。"

他像头受折磨的熊般摇晃着脑袋，动作一如熊那样沉重，但目光没有从地上移开。

"说话啊。"

"蓝斯洛，"国王出声说话，"你知道事实真相阻隔在你我之间。我的圆桌毁了，我的骑士或者离开，或者死去。我从不想要与你为敌，蓝斯，你也不想与我为敌。"

“但这事无法结束吗？”

“加文说……”他微弱地开口。

“加文！”

“公义……”

加文站了起来，看来狡猾、粗壮而高大。

“吾王、大人、舅舅。庭上要我宣布逮捕这不义的叛徒吗？”

房内完全静了下来。

“那么，所有人听好，这是国王的命令。王后应当回到国王身边，并享有与以往同样的权利，且不用为过往众人臆测之事负责。这是教宗的意思。但是你，蓝斯洛爵士，不义的骑士，汝当于十五日内离开本国，以上帝之名，吾等日后将会追击汝，并摧毁法兰西最坚固的城堡。”

“加文，”他痛苦地说，“别来追赶我，我会接受放逐的判决。我会住在我法兰西的城堡。不过别来追赶我，加文。别让战争无休止地持续下去。”

“把那里留给比你更好的人。那些城堡可是国王的财产。”

“如果你要来追赶我，加文，别向我挑衅，别逼亚瑟与我对立。我无法和我的朋友对抗。加文，看在上帝的分上，别让我们对战。”

“别说了，老兄。送走王后，快点离开宫廷吧。”

凭藉某种最后关头的奋力一击，蓝斯洛凝聚起精神。他的视线从英格兰国王转向折磨他的人，再慢慢转向沉默不语的王后，看着她手上荒谬可笑的橄榄枝，还有她身上拙陋愚蠢的衣服。他抬起头，将他们的悲剧提升到某种高贵而严肃的层次。

“那么，夫人，看来我们必得道别了。”

他执起她的手，引她来到房中央，将她转化为他记忆中的那位女士。他的手、他的脚步和充盈在他声音当中的某种东西，让她再次绽放成英伦玫瑰——这是他们最后一次相聚。他带她走向他们都已遗忘的胜利顶峰。一如舞蹈般庄严，这个滴水石像兽带着她走向中心，将她摆好嵌稳，成为王国的拱心石，以此画下句点。这是蓝斯洛爵士、亚瑟王与桂妮薇王后最后一次共聚一堂。

“吾王，我的老朋友，在我离开以前，我有句话要说。我受到的惩罚是要我离开我奉献一辈子的地方；是要我离开你们的国家，并让战争持续下去。最后一次，我会再次代表王后出战。夫人，我要当着整个宫廷的面告诉你，如果你将来受到任何危险或威胁，将会有一支弱小的军队从法兰西来此护卫你——所以，你们所有人都要记着。”

他慎重地亲吻她的手指，僵硬地转过身，安静地穿过整个房间往外走。他离开的时候，眼前尽是不可知的未来。

十五天到多佛，是所有受庇护的罪犯要遵守的时限。他得以罪犯的方式来行此事，也就是“不着衣、不穿鞋、不戴帽、只穿衬衣，像是要去接受绞刑”。他得走在路中央，手里拿着一个小十字架，那是庇护所的象征。加文或他的人或许会偷偷紧追在他身后，等着抓住他松手将护身符放在一边的时机。不过，不管他穿的是衬衣还是锁子甲，他仍是他们的老司令官。他步伐坚定，未见迟疑，两眼直视前方。他跨过起点时，坚忍的神情就已出现在他脸上了。这位年老士兵离开司法室时，房内的人们都觉得不值，许多人侧目看向那些红鞭子，暗自忧心起来。

第十一章

桂妮薇坐在卡利西城堡中王后的房间里。那张大床已经被重制成靠背长椅，在罩篷底下看起来齐整而方正，所以你会觉得有点不好意思坐下。长椅旁有个火炉，里头温着一个壶，此外房中还有一张高背椅和一张阅读桌，也有一本书供人阅读，或许就是但丁提过那本由加罗多所写的书[①]。这本书的价值在当时等同于九十头公牛，但桂妮薇已读过七次，因此这本书对她已没什么趣味可言。新落的雪将夜晚的光向上投射到房内，将天花板照得比地板还亮，因而改变了平时光影的形态。那些影子是蓝色的，而且位置都不对。这位尊贵的仕女正在做女红，她颇为正式地坐在高背椅上，书就放在她旁边；此外她有个使女坐在床边的台阶上，也正在做针线活。

---

① 但丁（Dante Alighieri，1265—1321），意大利诗人，以长诗《神曲》闻名于世。诗中人物法兰西丝卡（Francesca）与保罗（Paolo）叔嫂相恋，两人共读加罗多（Galeotto）作品中蓝斯洛与桂妮薇亲吻的桥段后，激起心中热情，也亲吻起来，死后堕入地狱。在法文作品中，加罗多就是撮合蓝斯洛与桂妮薇亲吻的人，而他的作品在法兰西丝与保罗之间也扮演同样的角色。

桂妮薇手边做着针线活，脑袋像一般女裁缝一样处于半空白的状态，不是空白的那一半脑袋则在她碰上的麻烦中懒懒地晃荡着。她希望她不是在卡利西，这里太靠近北方（也就是莫桀的故乡）、离文明的保障太遥远。比如说，她会想待在伦敦——或许就待在伦敦塔。她想看的不是这片沉闷广袤的白雪，而是伦敦塔窗外大都市的趣味和繁忙；她想看的是伦敦大桥，那上面挤满摇摇欲坠的房舍，不时会有房子掉进河里。她记忆中的伦敦大桥是座很有个性的桥，桥上有房子，长枪上挂着叛乱者的首级，此外还是大卫爵士与威勒斯大人全副武装进行长矛比试的地方[①]。那些房子的地窖在桥墩里，而且这座桥有自己的礼拜堂，还有一座塔可以进行防御工事。伦敦大桥是个完美的玩具小镇，主妇从窗里探出头来，或用长索把水桶缒进河里，或倾倒废水、晾衣服，或在吊桥要拉起来时对她们的孩子大吼大叫。

就这一点来说，即使只待在伦敦塔，也是好的。在卡利西，每件事物都静得像是死了。但是在伦敦那座征服者的高塔[②]中，伦敦东区人的返复往来足以融解冰霜。甚至连亚瑟留在塔内的巡回动物园也能提供一个由噪音与气味组成的适意背景。动物园最近加入了一只完全长成的大象，是法兰西国王的礼物，那只孜孜不倦的新闻兀鹰马休·派里斯[③]特地记录了此事。

随着思绪转向大象，桂妮薇放下了手边的女红，开始揉着手

---

① 于一三九〇年五月举行的一场知名比试。大卫爵士获胜。

② 征服者之塔（Conqueror's tower），应是指伦敦塔中由征服者威廉所建的白塔（White Tower）。

③ 马休·派里斯（Matthew Paris，1200—1259），英国史学家。

指。手指已经冷得麻木了，而且不像以前暖得那么快。

“爱格妮丝，你给那些鸟儿放面包屑了吗？”

“放了，夫人。知更鸟今天很快活呢，它对一只贪吃的乌鸫唱出一声相当有力的颤音。”

“可怜的东西。不过，我想它们会唱上几个星期。”

“大家离开似乎已经是很久以前的事了，”爱格妮丝说，“宫廷现在就像那些鸟一样，非常安静，而且非常无情。”

“他们会回来，一定会回来的。”

“是的，夫人。”

王后再次拿起针，小心地刺穿过去。

“他们说蓝斯洛爵士很勇敢。”

“蓝斯洛爵士一直都是位勇敢的绅士，夫人。”

“最新一封信里说，加文和他决斗过一次。要和加文对战，他心里一定很难过。”

爱格妮丝加重语气说：“我不明白国王为什么要和加文爵士一起对抗他最好的朋友。谁都看得出来，这只是盲目的意气用事。他们让法兰西的土地沦为废墟，只为了刁难蓝斯洛爵士，只为了丑恶的杀戮，只为了表明他们那些‘持鞭人’会干什么好事。继续这样下去，对谁都没好处。他们为什么不能让过去的事算了，我想要的不过如此啊。”

“我想，国王和加文爵士同行，是想表示公正。他认为奥克尼有权为了加瑞斯的死要求司法正义——我也这样认为。此外，如果国王不紧抓住加文爵士，那他身边就一个人都没有了。对他来说，这世上再没有比圆桌更令他骄傲的事，但圆桌正在分裂，他想留住重要人物。”

“与蓝斯洛爵士对战，”爱格妮丝说，“以保持圆桌完整，这方法实在不大高明。”

“加文爵士有权要求司法正义。至少他们说他有。国王做出这项选择也是情非得已，他受那些人左右；他们有些人是想占领法国、宣称自己的合法统治权，有些人是对他奋力维持的长久和平感到厌倦，有些人急着晋升军阶，还有些人想为那些死在市集广场的人报仇。那些人是莫桀一党的年轻骑士，他们信仰民族主义，而且有人让他们相信我丈夫是个跟不上时代的糟老头；还有人与先前在楼梯上奋战的人沾亲带故；再者就是奥克尼一族，他们心中充满古老的仇恨。爱格妮丝，战争就像火一样。点火的可能只是一个人，但它会蔓延到所有人身上。起因不单是一件事。”

“噢，夫人，那些了不起的大事可不是我们这些可怜女人管得了的。不过，来吧，那信里究竟说了些什么？”

桂妮薇静坐好一会儿，思绪绕着她丈夫遇上的麻烦打转，她两眼虽在看信，却对信视而不见。然后她缓缓开口：“国王非常喜欢蓝斯洛，所以他只能对他不公平——否则他怕自己会因此而对别人不公平。”

“是的，夫人。”

“信上说，”王后这才蓦然一惊，注意到自己正看着的信。“加文爵士每天骑着马到城堡前面去，大喊蓝斯洛是个懦夫、是个叛徒。蓝斯洛的骑士生气了，出去一对一和他单挑，但他把他们全都击倒了，有几人还受了重伤。他差点就杀了波尔斯和莱尼尔，最后蓝斯洛爵士必须亲自出马。是城堡里的人要他出来的。他告诉加文爵士有人逼他这么做，他就像走投无路的野兽。”

“那加文爵士怎么说？”

“加文爵士说：‘别再说个没完了，开始吧，让我们一了心愿。’”

“那他们打了吗？”

“是的，他们在城堡前面决斗。所有人都承诺不插手，他们从早上九点钟开始对战。你知道加文爵士的力量一直都是早上比较强，这也是他们这么早就开始决斗的原因。”

“上天垂怜蓝斯洛爵士，愿他拥有三个男人的力量！因为我听说原住民中有红头发的人，身上都有精灵血统，你知道，夫人，这会让那位领主在正午以前拥有三个男人的力量，因为太阳会为他而战！”

“那一定很糟糕，爱格妮丝。但蓝斯洛爵士太骄傲了，他不可能剥夺对方这项优势。”

“要是他没被杀死，我会很惊讶。”

“他差点就被杀了。不过他用盾护住自己，一直慢慢闪避、撤退。也就是说，他是承受了一些重击，不过他在中午以前都防卫得很好。之后，当然啦，精灵力量削弱了，他采取攻势的时机到了，他在加文头上给了一击，把他击倒，事情就结束了。加文爬不起来了。”

“哎呀，加文爵士！”

“是的。蓝斯洛可以当场杀了他。”

“但他没有。”

“没有。蓝斯洛爵士退后，靠着剑站着。加文求他杀了他。他益发愤怒地大吼：‘你为什么停手？来啊，杀了我，一了百了啊！我不会求饶的。马上杀了我，如果你放我走，我一定会再次回来与你对战。’他哭了。”

“我们可以相信，”爱格妮丝明智地说，“蓝斯洛爵士一定拒绝攻击已经落马的骑士。”

“我们是可以这么相信。”

“虽然称不上俊美，不过他一直都是个仁慈的好绅士。”

“他在各方面都出类拔萃。”

她们为自己的感觉害羞起来，便安静不语，回头缝起手上的东西。不久，王后道：“光线变差了，爱格妮丝。你想我们可以点几根灯心草吗？”

“当然了，夫人。我刚好也这么想。”

她一面在火边点上灯，一面抱怨这地方的落后、抱怨这些赤裸的北方蛮族居然没有蜡烛。桂妮薇却心不在焉地开始哼歌。这是她以前和蓝斯洛一起唱的二重合唱曲，当她察觉时，她突然住口停了下来。

“啊，夫人，白天似乎开始变长了。”

“是啊，春天很快就要来了。”

爱格妮丝坐下来，在冒出黑烟的火光中重拾方才中断的针线活。

“关于那件事，国王怎么说？”

“他看到加文逃过一死的时候，他哭了。这让他忆起一些事，于是他觉得很不舒服，就这么病了。”

“他们是不是管这叫精神崩溃，夫人？”

“是的，爱格妮丝。他悲伤成疾，加文则是脑震荡，所以他们两个一起病倒了。不过其他骑士仍然持续围城。”

“唔，这不算一封快乐的信，对吧？夫人？”

“确实不算。”

“我记得我以前有过一封信——不过，他们说坏事传千里。”

“既然宫廷空了，世界也四分五裂，除了护国公，再也没有人留下来，现在所有事也只能写在信里了。”

“噢，莫桀爵士呀，我从来就无法接受他的喜好。为什么他会想要在人前演说，还脱下帽子让那些人欢呼呢？为什么他要穿一身黑，好像他是要命的末日审判似的，不能穿快乐一点的颜色吗？我敢说，他这是向加文爵士学的。”

“那件制服是用来哀悼加瑞斯的。”

“他从没关心过加瑞斯爵士，从来没有。我不相信他关心过任何人。”

“爱格妮丝，他很关心他母亲。”

“欸，她活该让她自己的喉咙给人开了个口子。一群怪人，他们全都是。”

“摩高丝王后一定是个奇人。”桂妮薇若有所思地说，“这件事众所周知，况且现在莫桀已当上护国公，所以拿出来谈谈也无妨了。不过，她必然是个令人慑服的女人，才能在她自己有四个大孩子的时候还俘虏了我们的国王。欸，她人都已经做了祖母，还能俘虏拉莫瑞克爵士啊。要是她其中一个儿子对她的感情会激烈到出手杀害她，那她一定对他们有可怕的影响力。她那时年近七十了。爱格妮丝，我想她把莫桀吃了，就像蜘蛛那样。”

“他们以前确实提过一次，说康瓦耳姊妹都是女巫。当然，她们之中最糟的一个是摩根勒菲。不过摩高丝也好不到哪去。”

“这让人开始同情莫桀了。”

“不用可怜他，夫人，他不会给你任何好处。”

“他被留下来主掌大局后一直很有礼貌。”

“欸，是啊。那些会搞出大麻烦的人通常都很安静。”

桂妮薇边思考这句话，边将手边的材料拿起来对着光。她有些焦虑地问道：“爱格妮丝，你不会以为莫桀爵士图谋不轨吧？”

“他生性阴险。”

“国王把他留下来照看国家、照看我们，他不会趁机做出什么坏事吧？”

“请容我放肆，夫人，您的国王已经超出我的理解范围了。他先是去和他最好的朋友对战，只因加文爵士要求；之后又把他的死敌留下来当护国公。他为什么让自己做出这么盲目的事？”

“莫桀从未触犯法律。”

“这是因为他太狡猾了。”

“国王说莫桀会成为王位继承人，而你不能让国王和继承人同时离开国家，所以他当然就留下来做护国公了。这种处置再公允不过。”

“夫人，真正的公允处置绝不会造成不好的结果。”

她们继续做手边的针线活。

爱格妮丝加上一句："如果那是真的，应该是国王留下来，让莫桀爵士去呀。"

"我希望他这么做。"

她随后又补上解释："我想国王是想和加文爵士在一起，要是有个万一，他可以居中为他们调解一番。"

她们不甚自在地继续做针线活，那些针融穿了暗色的材料，带出一道长长的光，就像流星一般。

"爱格妮丝，你怕莫桀爵士吗？"

"是的，夫人。我怕。"

"我也是。他最近走路脚步放得好轻，而且……他看人的方式也很怪。然后大家都在谈论盖尔人、撒克逊人和犹太人了，还有那些互相叫嚣、歇斯底里的事。我上星期听到他自己一个人在笑，真可怕。"

"他是个狡诈的人。或许他现在正在听我们说话。"

"爱格妮丝！"

桂妮薇手里的针掉了，仿佛突然受了什么打击。

"噢，别这样，夫人。你不能把这话当真，我只是说笑罢了。"

不过王后仍是僵在那里。

"到门边去，我想你是对的。"

"噢，夫人，我不能那样做。"

"马上把门打开，爱格妮丝。"

"但是夫人，他说不定在那里呀！"

她已经抓到那种感觉，无助的火光不够亮了。他可能就在这个房间里，在某个黑暗的角落里。她像有老鹰从顶上飞过的鹧鸪般惊慌地站起身来，紧抓着裙子。对这两个女人来说，这座城堡突然显得太晦暗、太空旷、太冷清、太北边，太多黑夜与寒冬。

“如果你去开门，他就会走开。”

“但我们一定要给他时间走开。”

她们以声音来抗争，觉得自己被盖在一只黑色翅膀下。

“站到门边去，大声说几句话再开门。”

“夫人，我该说些什么呢？”

“说：‘我该把门打开吗？’然后我会说：‘好，我想这时候也该上床睡觉了。’”

“我想这时候也该上床睡觉了。”

“继续。”

“很好，夫人。我该开始了吗？”

“是的，去吧，快点。”

“我不知道我做不做得来。”

“噢，爱格妮丝，拜托，快点！”

“很好，夫人。我想我现在做得来了。”

爱格妮丝面向着门，仿佛那扇门可能攻击她似的，然后她以她最高的音量大声说话。

“我要去开门了！”

“这时候也该上床睡觉了！”

什么事也没发生。

“现在开门吧。”王后说。

她拉起门闩，推开门，莫桀正站在门框当中微笑。

“晚安，爱格妮丝。”

“噢，大人！”

这不幸的女人一手抓着胸口，摇摇晃晃地向他行了一个宫廷礼后，自他身旁匆匆跑过，奔向楼梯。他礼貌地站到一边去。她离开后，他才踏进房间，他身上穿着那袭华丽的黑天鹅绒服，血红的徽章上镶着一颗冷硬的钻石，在烛光下发出光芒。要是你有一两个月没见到他，你马上就会知道他已经疯了——但是他脑子失常是渐进的，所以那些和他住在一起的人看不出来。他的黑色小狮子狗跟在他身后，明亮的眼睛和卷曲的尾巴晃呀晃。

“我们的爱格妮丝似乎很紧张。”他说，“晚安，桂妮薇。”

“晚安，莫桀。”

“精美的小小刺绣吗？我以为你会为士兵织袜子。”

“你怎么来了？”

“只是晚上过来看看。你一定要原谅这戏剧化的举动。”

“你总是等在门外吗？”

“夫人，再怎么说，人总是要从门口进来的，这会比从窗户进来方便些——不过我相信大家都知道，有些人是那么做的。”

“我了解了。你可要坐下？”

他以一种矫揉造作的姿态入座，狮子狗跳上他的大腿。从某方面来说，看着他就好像在看一出悲剧，因为他正步上她母亲的后尘。他在演戏，他拒绝进入真实的世界。

人们写了一些描述蛇蝎美人背叛爱人、并使爱人走向毁灭的悲剧，有克瑞西达[①]、克丽奥佩特拉[②]、大利拉[③]，甚至还有几个像洁西卡[④]那样的淘气女儿把她们的爱人带到双亲面前，让他们苦恼不已，但这些皆非悲剧的核心。对男人的灵魂来说，那些都无关要紧。就算安东尼最后是倒在他的剑旁吧，那又如何呢？同是一死罢了。腐蚀其心智的，是母亲的欲望而非爱人的欲望；而将这个悲剧人物陷于死地的，也是同样的事物。住在他内心深处的人是约卡丝坦[⑤]，而非朱丽叶。将哈姆雷特逼疯的人是葛楚德[⑥]，而非愚蠢的奥菲莉亚。悲剧的核心无关乎巧取豪夺，因为任何轻佻的女孩都能偷走某人的心。悲剧的核心在于给予、增添、追加以及无关乎衾枕的抚慰。对莫桀来说，黛丝德蒙娜[⑦]被夺走的生命与荣誉一文不值，因为那些

---

① 克瑞西达（Cressidas），莎士比亚《特洛伊罗斯与克瑞西达》（*Troilus and Cressida*，一译《特洛埃围城记》）与乔叟作品 *Troilus and Criseyde* 中的女主角。克瑞西达的父亲预知特洛伊会战败，遂投奔希腊，将守寡的女儿独自留在特洛伊。王子特洛伊罗斯爱上克瑞西达，但希腊与特洛伊双方停战，要求以克瑞西达交换一位希腊将领，克瑞西达虽与特洛伊罗斯誓言相爱，但她在希腊又爱上另一名希腊将领戴奥米第斯，特洛伊罗斯为此与戴奥米第斯大打出手，然而此时特洛伊大将赫克托战死，特洛伊罗斯只得忿忿而去。

② 克丽奥佩特拉（Cleopatra），即著名的埃及艳后，她藉凯撒的力量与弟弟托勒密争位，为凯撒生下一子，凯撒死后，她又引诱凯撒麾下的大将安东尼，安东尼后败于凯撒侄儿屋大维之手，误信克丽奥佩特拉的死讯而饮剑自杀，却又得知她并没有死，最后让人抬到她面前，死在她怀中。克丽奥佩特拉最后虽试图再引诱屋大维，却遭拒，最后自杀身亡。

③ 大利拉（Delilahs），圣经人物，以色列士师参孙的情妇。参孙在上帝应许下出生，力气极大，能徒手击杀狮子，但他的情妇大利拉受非利士人收买，问出参孙的勇力来源是他的头发，便偷偷剃掉他的头发，让他落入敌手，受人戏侮。最后参孙向上帝祈祷，恢复勇力，拔起非利士人房中的两根柱子，与敌人同归于尽。

④ 洁西卡（Jessica），莎剧《威尼斯商人》中悭吝的犹太商人夏洛克之女，爱上基督徒朗西洛特，最后卷走父亲的钱与他私奔。

⑤ 约卡丝坦（Jocasta），希腊神话中伊底帕斯（Oedipus）之母亲，太阳神阿波罗预言伊底帕斯会弑父娶母，后来预言成真，约卡丝坦知道真相后自杀，伊底帕斯自我流放。

⑥ 葛楚德（Gertude），哈姆雷特之母。

⑦ 黛丝德蒙娜（Desdemona），莎剧《奥赛罗》中奥赛罗之妻。奥赛罗受人挑拨，误以为黛丝德蒙娜与人有染，在嫉恨之中杀死妻子，最后得知真相，悔恨无比，在她尸体旁边自杀。

事物都由他从自己身上夺走了——当那个母亲角色胜利活存、又给了他令人窒息的爱时，他的灵魂就被偷走、被掩盖，且枯干了大半，而且似乎毋须负担恶意的罪名。莫桀是奥克尼一族中唯一从未结婚的孩子，而他那几位兄长飞奔到英格兰时，他独自被留下来和她一起住了二十年，成了她的粮食。现在她死了，他又成了她的墓穴。她像个吸血鬼一样待在他体内。他走路、打喷嚏，摆出的是她的姿态。他演戏时，也变得像她以前那样虚假，假装自己是吸引独角兽的处女。他也涉猎同样残酷的魔法。他甚至像她一样开始养玩赏用的小型犬——虽然他对她的狗始终有种苦涩的嫉妒，就像他对她的情人抱持的恨意。

“我是不是在今晚的空气里感到一股冷意？”

“二月当然很冷。”

“我认为这是因为你我之间的关系很微妙。”

“我丈夫所选定的护国公当然会受到王后的爱戴。”

“但我想，你对你丈夫的私生子可能就不是如此吧？”

她把针放了下来，直直看着他。

“我不懂你这趟过来有什么用意，我也不知道你想要什么。”

她不希望表现出敌意，却被他逼得不得不表示敌意。她从未怕过任何人。

“我想和你谈谈政治现况，谈一下就好。”

她知道他们面临着某种危险，她觉得很无力。虽然她仍未怀疑他的神智是否健全，但她这样的年纪已经无法应付狂人了。而他语调中令人厌恶的讽刺让她觉得自己虚假，让她无法简单地表达己意。但她不会认输。

“我很乐意听听你要说什么。”

“你真慷慨……珍妮。”

实在太让人毛骨悚然了。他要让她成为他那些幻想的一部分，他根本不是在对一个真实的人物说话。

她愤怒地说：“莫桀，你能不能好心点，用我的头衔来称呼我？”

“啊，当然。如果我僭越了专为蓝斯洛保留的东西，我一定要道歉。”

他话中的嘲讽宛如兴奋剂，唤醒了她这尊雕像；她体内的王室女子现身，那位成功在世上浮沉五十年之久的贵妇挺直了背脊，得了风湿的手指上的戒指闪闪发光。

“我相信你会发现，”她即刻答道，“你很难做到。”

“哎呀！不过我恐怕就要这么做。你一直都有点烈性……珍妮王后。”

“莫桀爵士，如果你的行为举止不能像个绅士，我就要走了。”

“要走到哪去呢？”

“我可以去任何地方，任何一个年纪老得足以做你母亲的女人能够避开你放肆言行的地方。”

“问题是，”他深思道，“有这样的地方吗？当你想到人人都已离开到法兰西去，而我又是这个王国的统治者时，这计划似乎注定会失败啊。当然你可以到法兰西去……如果你去得了。”

她明白了，或说她逐渐明白了。

“我不知道你这话是什么意思。”

“那你一定要想出来才行。”

“如你见谅，”她说着站起身，“我要叫我的使女来了。”

“当然可以啊。不过我会再把她送走的。”

“爱格妮丝会服从我的命令。”

“我表示怀疑。那我们试试看吧。”

“莫桀，能请你离开吗？”

“不，珍妮。”他说，“我想留下。不过，如果你安静坐着一分钟，听我说话，我保证我会做个完美的绅士——事实上，我会表现得像你那些英勇的骑士一样。”

“你没有给我选择的余地。”

“是没有什么选择的余地。”

“你想怎么样？”她问。她坐下来，双手在膝上交握。她已经习惯危机四伏的日子。

“别这样，”他的语气高昂愉快，而且相当疯狂，他在享受猫抓老鼠的游戏。“我们不能用这种单调的方式匆促行事。开始谈话以前，一定要放轻松，不然感觉好紧张。”

“你说，我听。”

“不，不。你一定要叫我莫迪之类的小名。如此一来，我叫你珍妮才会显得比较自然。一切都会在更愉快的气氛下进行。”

她没有回答。

“桂妮薇，你明白自己的立场吗？”

“我的立场是英格兰王后，而你的立场则是护国公。”

“亚瑟与蓝斯洛在法兰西对战时才是这样。”

“确是如此。”

“如果我告诉你，我今天早上接到一封信呢？”他手上拍着那只狮子狗，“信上说亚瑟和蓝斯洛死了？”

“我不会相信你。”

“他们在一场战役中，互相残杀，最终双双阵亡。”

“这不是事实。”她沉静地告诉他。

“的确不是。你怎么猜到的？”

“如果这不是事实，你却这么说，那就太残忍了。你为什么这么说？”

“很多人会相信，珍妮，我认为很多人会相信。”

“他们为什么要相信？”她问，仍未听出这些话的意义所在。然后她停了下来，屏住呼吸。她生平第一次感到害怕，却是为了亚瑟而害怕。

“你不能……”

“噢，但我能。”他快乐地说，“而且我要。如果我宣告了可怜的亚瑟的死讯，你觉得会发生什么事？”

“但是莫桀，你不能这么做！他们还活着……你什么都有了……国王让你做他的代理人……你的忠诚……这不是真的！亚瑟一直都这么谨慎公正地对待你……”

他的眼神冷酷，“我从不曾要求他公正以待。他这么待人不过是藉此取乐罢了。”

“但他是你父亲！”

“这个嘛，我并没有要求他生下我。而且我认为他也只是藉此取乐。”

“我了解了。”

她坐在那里，扭绞着她手上正在缝制的东西，试着思考。

“你为什么恨我丈夫?”她问，那语气几乎可以说是惊奇。

“我不恨他。我瞧不起他。”

“事情发生时，”她温柔地解释道，“他并不知道你母亲是他姐姐。”

“那么，他把我们放到船上送出海时，也不知道我是他儿子啰?”

“他那时还不满十九岁，莫桀。他们用预言来吓唬他，他是受他们所逼。”

“我母亲在遇上亚瑟王以前一直是个好女人。她和奥克尼的洛特有个快乐的家庭，为他生养了四个勇敢的儿子。但之后发生了什么事?”

“但她的年纪是他的两倍！我认为……”

他举起手来，没让她再说下去。

“你现在说的是我的母亲。”

“我很抱歉，莫桀，但真的……”

“我爱我母亲。”

“莫桀……”

“亚瑟王找了一个忠于丈夫的女人。他离开后，她成了荡妇。她最后和拉莫瑞克爵士赤裸裸地死在床上，罪有应得地被自己的孩子杀死。”

“莫桀，如果你不了解……如果你不相信亚瑟的仁慈、他的悔恨和他的不幸，那说什么都没有用。他喜欢你。就在这令人伤心的事发生的一两天前，他仍在说他有多么爱你……”

“这种爱他自己留着用吧。”

“他一直都非常公正。”她恳求道。

“公正而高贵的国王！是啊，在事后要当个公正的人总是很容易。这是最有趣的部分了。司法正义！这个他也自己留着用吧。”

她再次开口，试着让声音显得平静。“如果你公开称王，他们会从法兰西回来与你对战，那样我们就有两场战争，而不是只有一场，而且这场战争会在英格兰开打，如此一来，整个同盟都会瓦解。”

他纯然喜悦地笑了。

“实在令人不敢相信。”她捏着那幅刺绣。

她什么也不能做。一瞬间她脑中掠过一个念头，如果她对他屈服，用她那年老僵硬的双膝跪下来恳求，也许能打动他。不过这显然没用。他的主意就像是颗放在沟里的球，已经定了。即使是他现在说的话，也都只是台词的一部分，就像以前一样。结局要按照剧本来搬演。

“莫桀，”她无助地说，“就算你不同情亚瑟、也不同情我，请你同情一下这个国家的人民吧。”

他将狮子狗从腿上推了下去，站起身，带着一种疯狂的满足对她微笑。他伸展身子，居高临下地看着她，却完全没看到她这个人。

“就算我不同情亚瑟，”他说，“我当然也会同情你。”

“你这话什么意思？”

“我在思考模式的问题，珍妮，一个简单的模式。”

她看着他，没说话。

“是的，我父亲与我母亲犯下乱伦的罪行。珍妮，如果我响应此事，与我父亲的妻子结婚，你不觉得这就是一种模式吗？”

第十二章

加文的帐篷里很暗，只有一个装着煤炭的平底锅在底下微微发光。和英格兰骑士的华丽大帐比起来，这座帐篷显得拙陋破旧。硬板床上有几条奥克尼格纹的花呢，唯一的装饰是盛着圣水的铅制水壶，他用里头的水来做药；水壶上刻着“汤玛斯乃圣疾之良医”，和一束枯干的石南一起绑在柱上。这是他家中的守护神。

加文俯卧在花呢布当中，他正在哭，缓慢且无助地哭着，亚瑟坐在他身旁，拍着他的手。他的伤口让他变得脆弱，不然他是不会哭的。老国王正试着安抚他。

“别难过，加文。”他说，“你已经尽力了。”

“这是他第二次饶我不死了，这个月以来第二次。”

“蓝斯洛一直都很强，岁月似乎没有在他身上留下痕迹。”

“那他为何不杀了我？我求他杀了我啊。我对他说，如果他让我去养伤，只要我一复原，就一定会再度找上他。

“而且，上帝啊！”他含着眼泪加上一句，“我的头痛死了！”

亚瑟叹了口气，“这是因为你被击中两次，都打在同一处。运气不好。”

“太丢人现眼了。”

“那就别想了。安静地躺着吧，不然你又要发烧了，就没办法打长期战，那我们该怎么办呢？要是加文不能领导我们上战场，我们必败无疑。”

“亚瑟，我不过是个稻草人。”他说，“不过是个坏脾气的恶霸。我杀不了他的。”

“说自己一无是处的人总是最有能力。我们别再谈论这话题了，说点快乐的事吧。比如说，英格兰。”

“我们再也看不到英格兰了。”

“胡说！我们春天就可以看到英格兰。啊，春天都已经快到了呢。雪球花冒出头好久了，而且我敢说，桂妮薇那儿的番红花已经开了。她很擅于园艺。”

“桂妮薇对我很好。”

“我的桂妮对所有人都很好。”老人骄傲地说，“不知道她现在在做什么？大概是要上床睡觉吧。或者她待到很晚，和你弟弟说话。想到他们此刻正在谈论我们，感觉真好；或许他们正在谈论加文的英勇佳话；或者桂妮正在说，她希望她的老家伙回家去。”

加文在床上动个不停。

“我是有回家的念头。”他低声说，“如果蓝斯洛像莫桀说的那样憎恨奥克尼一族，他为什么要放过奥克尼族的领主？也许他真的是错杀了加瑞斯。”

“我很确定是错杀。如果你愿意帮忙结束这场战争，我们很快就能收兵。你知道，我们是在为了你的正义而战。我和其他想要打仗的人最后都得遵从你的正义。如果你想要修兵谈和，不会有人比我更高兴。”

“欸，但我发誓要和他战到至死方休。”

“你已经努力试过两次了。”

“而且两次都挨了一顿好打。”他苦涩地说，“他已经有两次机会可以结束这场战争。不了，谈和看起来实在是懦夫行径。”

“最勇敢的人不在意别人把他们看作懦夫。记得吧，我们在欢乐堡外唱歌唱了好几个月时，蓝斯洛是怎么躲在里头的。”

“我忘不了加瑞斯的脸。”

“这对我们大家来说都是件伤心事。”

加文试着思考，虽然思考对他而言可大非易事。在这黑暗的夜晚中，他头上又受了伤，思考更是难上加难。自从在圣杯探险中加拉罕给了他那一击，他就一直很容易头痛，而现在，出于某种奇怪的巧合，蓝斯洛在两次决斗中，又先后击中同一处。

“只因为他击败我，我就该放弃吗？”他问，“如果现在放弃，那就是夹着尾巴逃跑。如果我能在第三次约战中让他落马，或许吧，然后饶了那位司令……那样才公平。”

“英格兰的田野很快就会绽放金凤花和雏菊。”国王沉思道，“要是能够赢得和平，那就太好了。”

“欸，还有春季放鹰。”

倒在黯淡床铺上的人形因为费神回忆而扭动了一下，但随即因直入脑部的疼痛而僵住。

“全能的上帝啊，我的头在抽痛。”

“你要我拿块湿布过来吗？还是拿牛奶给你喝？”

“不了，就忍一下吧。那不会有用的。”

“可怜的加文，我希望你脑袋内部没有受损才好。”

“受损的只有我的灵魂。我们谈点别的吧。”

国王迟疑了，“我不该说太多的。我想我该走了，让你睡一下。”

“啊，留下吧。别让我自己一个人。我一个人无聊死了。”

“医生说……”

“让医生下地狱去吧。稍等一下。握住我的手，和我说说英格兰的事。”

“明天应该会有信来，到时我们就可以读到一些英格兰的事了。我们会有最新消息，年轻的莫桀会有信来，我的桂妮或许也会写信给我。”

“从某方面来说，莫桀的信里总有一种喝倒彩的感觉。”

亚瑟随即为他辩护。

“那是因为他的生活并不快乐。他心中一直都有股爱的火焰，这一点你用不着怀疑。桂妮说过，他所有的温情都给了他母亲。”

“他的确很喜欢我们的母亲。”

“也许他爱上了她。”

“这就能解释他为何会嫉妒你了。”

加文对这项发现感到惊讶，这想法还是第一次浮现在他脑海。

“也许这就是为什么她和拉莫瑞克有染时，他会让阿格凡爵士杀了她……可怜的孩子，这世界一直都错待他。”

“他是我仅存的兄弟了。”

“我知道。蓝斯洛的事是个悲惨的意外。”

洛锡安领主激烈地挪动他的绷带。

“但这不可能是意外。要是他们戴着头盔，我还可以这么猜；但是他们头上什么都没戴啊。他一定会认出他们。”

“我们常常谈起这件事。”

“欸，这是没用的。”

老人开口问话，语气中带着一股悲惨的无助：“加文，你觉得你永远也无法原谅他吗？我不是想替他开脱，但要是司法正义可以用慈悲之心加以调和……”

“等他让我逮到任我处置的时候，我会调和的，但在此之前想都别想。”

“嗯，这事由你决定吧。应该是医生来跟我说我待太久了。进来吧，医生，进来吧。”

不过来人是兴冲冲的罗契斯特主教，还带着几个包裹和一盏铁制提灯。

“是你啊，罗契斯特。我们还以为是医生呢。”

“晚安，大人。你也晚安，加文爵士。”

“晚安。”

“今天头怎么样了？”

“好些了，谢谢你，大人。”

“嗯，这是个大好消息。”

他开玩笑似的加了一句，“而我呢，也带了一些好消息过来。信差来早了！”

“有信！”

“有一封是给你的，”他把信拿给国王。“是封长信。”

“有我的信吗？”加文问。

“恐怕这星期没有。你下次的运气会好一点。”

亚瑟拿着信走到提灯旁，打开封口上的火漆。

“请容我读一下信。”

“当然，有英格兰的消息来，我们总不能死守那些礼仪不放啊。天哪，加文爵士，我从没想过我在有生之年会成了个朝圣信徒，还在异地寻欢作乐……”

主教的闲谈停了下来。亚瑟动也不动。他的脸既没变红、也没变白，既没让那封信掉下来，也没盯着前方某处看。他静静读着，但罗契斯特没再说话，加文也用一只手肘把自己撑起。两人张着嘴巴，看着他读信。

“大人……”

“没事，”他挥了挥手。“抱歉。有新消息。”

“我希望……”

“让我看完，拜托。去和加文爵士说话吧。”

加文问道：“莫非有坏消息……我能看吗？”

“不，拜托，一分钟就好。”

“莫桀吗？”

“不，没事的。医生说……大人，我想和你到外面说话。”

加文开始使劲要让自己坐起来。

“告诉我。”

“没什么好生气的，躺下。我们很快就回来。”

“如果你们不告诉我就离开，我会跟出去的。”

“没事的，你会弄伤你的头。”

“到底说了什么？”

“没事，只是……”

“嗯？”

“好吧，加文。”他突然崩溃了。“看来莫桀已经在他的新党支持下公开自立为英格兰国王了。”

“莫桀！”

“他对他那群‘持鞭人’宣布我们死了，你看，”亚瑟说，仿佛这是某种需要解释的问题。“然后……”

“莫桀说我们死了？”

“他说我们死了，然后……”

但是他仍无法说出口。

“然后怎么了？”

“他要和桂妮结婚。”

瞬间一片死寂，主教茫然地将手移向胸前的十字架，加文则紧紧抓着那些红色布块。然后他们不约而同地开口。

“护国公他……”

“这不可能是真的。一定是在开玩笑。我弟弟不会做那种事。”

“可惜这是真的。”国王耐着性子道，“这封信是桂妮捎来的。天晓得她是怎么撑过这一切。”

“王后的年纪……”

“他宣告即位之后就向她求婚。她孤立无援，所以已经接受他的求婚。”

“接受了莫桀的求婚！”

加文设法把让双腿垂荡到床边。

“舅舅，把信给我。”

他从那只无力的手中拿过信（那只手主动投降了），把信纸凑到灯光底下读了起来。

亚瑟继续解释。

“王后接受莫桀的求婚，请求到伦敦去打点她的嫁妆。她带着几个仍然忠心耿耿的人去了伦敦后，突然逃进伦敦塔，封住闸门。感谢老天，那是座坚固的要塞。他们现在把伦敦塔团团围住，莫桀还用上了枪。”

罗契斯特困惑地问道：“枪？”

“他用了大炮。”

这已经超出这位老修士的理解范围了。

“这实在太难以置信了！”他说，“先是说我们死了，他要和王后结婚！然后还用大炮……”

“现在枪已经送到，”亚瑟说，“圆桌完了。我们得快点回家。”

“用大炮对付血肉之躯！”

“我们一定要马上回去援救，大人。加文可以留在这里……”

但奥克尼领主下了床。

“加文，你要干什么？马上躺下。”

“我要和你一起回去。”

“加文，躺下。罗契斯特，帮我让他躺好。”

“我最后一个兄弟打破了他的忠诚誓言。”

“加文……”

“而蓝斯洛……噢，天啊，我的头！”

他在黯淡的烛光下摇摇晃晃地站着，两手抱着头上的绷带，他的影子怪异地绕着帐篷柱子打转。

第十三章

爱尔兰的安贵斯曾做过一个梦，梦中有一阵风来，将他们所有的城堡和城镇都吹倒了。现在这阵风也正打算这么做。它环着班威克城堡吹，吹在所有管风琴的音栓上，制造出来的噪音像是未经处理的丝团在林间被人拉开；像是我们用梳子拉扯头发；像是成堆细沙从铲子倾落到沙上；像是大幅亚麻布被撕裂；像是远方战场上的鼓声；像是一条看不到尾巴的长蛇蠕动着穿过这世界下层的树木和房舍；像是老人的叹息、女人的哭号和狼群奔跑的足音。风在烟囱中呼啸、嗡鸣、颤动、发出轰隆隆的声响，最重要的是，它听起来像是活物：某种怪兽般的原始生物，正为了它的噩运哀泣。这是但丁的风，风里带着迷途的爱侣与鹤鸟：无法安息的撒旦辗转骚动着。

在西面的海中，它搅乱了平静的海面，生生将水拉出水面，变成泡沫后席卷而去。在干燥的陆地上，它让树木倾倒于前。盘根错节的棘木两两并生，一棵树呻吟着抵在另一棵痛苦尖叫的树上。树上摇摆着发出劈啪声响的枝条间，鸟儿头顶着风，身体呈水平，细小的脚爪则成了锚。断崖上的游隼坚忍地坐着，羊排胡给雨水弄成一绺绺，潮湿的羽毛在头上竖直起来。野雁在微光中朝它们夜晚的巢穴飞去，在那股气流中，它们几乎一分钟也前进不了一码，而它们惊惶的叫声又被风往后吹去，所以虽然它们只飞了几英尺高，你得先看着它们飞过去后，才能听见它们的声音。绿头鸭和赤颈凫高飞而来，狂风紧追在身后，于是它们还没到达目的地就消失了。

刺骨强风在城堡门下折磨着狂摆不已的灯心草。它们呼地涌进螺旋梯道间，震得木制百叶窗喀喀作响，一路尖声哀叫着穿过关闭的窗扇，把冰凉的挂毯卷成严寒的波浪，在浪间寻找船脊龙骨。石砌高塔在风中颤抖，像乐器上的低音弦班抖个不停；塔上的瓦片飞了出去，断断续续撞击几次后整个粉碎了。

波尔斯和布雷欧贝里斯此时正蜷缩在明亮的火炉前；苦寒的风吹袭下，火所投出来的光仿佛不带半点热度。火焰本身也仿佛冻结了，看起来像是漆上去的。他们的思绪被这阵怪风搅乱了。

“但是他们为什么走得这么急？”波尔斯抱怨道，“我从来就不知道围城可以拔营拔得这么快。他们连夜拔营，简直像被风吹跑似的。”

“他们一定是接到了什么坏消息，英格兰那边一定出事了。”

“或许吧。”

“如果他们决定要原谅蓝斯洛，他们一定会送信来。”

“看起来的确很怪，一句话也没说，转眼间就驾着船走了。”

“你想会不会是哪里有叛乱？康瓦耳？威尔士？还是爱尔兰？”

“原住民总是会惹出事来。”布雷欧贝里斯木然地同意。

“我倒觉得不会是叛乱。我觉得是国王病了，必须快点回家。不然也可能是加文病了。蓝斯洛第二次击中他的时候，或许是打在他脑壳上？”

“或许吧。”

波尔斯击打着火焰。

“就这么走了，一个字也没说！”

“蓝斯洛怎么不做点什么呢？”

“他能做什么？”

“我不知道。”

“国王已经将他放逐了。”

“是的。”

“那就什么也不能做了。”

“即使如此，”布雷欧贝里斯说，“我还是希望他能做点什么。”

塔楼楼梯底下的门喀地一声开了，挂毯向外飞卷、灯心草立了起来，炉火也冒出黑烟，蓝斯洛的声音在风中响起，叫着：“波尔斯！布雷欧贝里斯！德马瑞斯！”

“在这里。”

“哪里？”

“上面这里。”

远处的门关上，房间又静了下来。灯心草也再次躺下；刚刚他们在这里还不大听得见蓝斯洛的吼叫声，但现在，他踩在石阶上的脚步声听起来十分清晰。他匆匆忙忙进来，还拿着一封信。

“波尔斯，布雷欧贝里斯，我已经找你们好一会了。”

他们已经起身。

“英格兰送了一封信来，因为风的关系，信差的船搁浅了，就在五英里远的海岸边。我们要马上动身。”

“去英格兰？”

“对，对。去英格兰，当然了。我已经和莱尼尔说了，要他当运输官；波尔斯，我要你负责监看草料。我们得等到这阵狂风平息下来才能走。”

“我们是要去干什么？”波尔斯问。

“你应该把消息告诉我们……”

“消息？”他含糊地说，“现在没时间谈这个，我会在船上和你们说。喏，读一下信吧。”

他把信拿给波尔斯，没等他们回应就离开了。

“哎呀！”

“读看看上面写些什么吧。”

“我甚至不知道信是谁送来的啊。”

“或许信上有说。”

然而这两人的研究才做到日期的部分，蓝斯洛就再度出现。

“布雷欧贝里斯，”他说，“忘了说，我要你照看马匹。得啦，把信给我。如果你们两个想把这信拼出来，你们会读上整夜的。”

“那上面说了什么？”

“消息大多是信差说的。据说莫桀对亚瑟树起叛旗，自立为英格兰的领袖，还向桂妮薇求婚。”

“但她已经结婚了啊。”布雷欧贝里斯有异议。

“这就是他们放弃围城的理由。后来，莫桀似乎从肯特发兵阻止国王登陆。他宣布亚瑟已死，更把王后围在伦敦塔里，还用上了大炮。”

“大炮！”

“他和亚瑟在多佛开战，要阻止他登陆。战况很糟，半是海战、半是陆战，不过此战国王得胜。他成功登陆了。”

“信是谁写的？”

蓝斯洛颓然坐倒。

“是加文送来的，是可怜的加文送来的！他死了。”

“死了！”

“他怎么能写……”布雷欧贝里斯想要问话。

“这是封可怕的信。加文是个好人，你们都逼我去和他对战，你们不了解他的内心。”

“读信吧。”波尔斯不耐地提议道。

“看来我在他头上弄出来的伤口很危险。他不该随军动身的，但他既孤单又伤心，还遭到背叛。他仅存的弟弟成了叛徒。他坚持要回去帮助国王，在登陆战中，他试图出击，但却不幸给人在旧创上打了一记，几小时后就死了。”

“我不懂你有什么好难过的。”

“听我读这封信吧。”

蓝斯洛把信拿到窗边，陷入沉默，检视信上的笔迹。这笔迹有动人之处，字大异其人。加文不是那种会让你联想到作家的人物；其实，要是他和多数人一样是个不识字的文盲，或许还更自然些。然而他在这里所写的，并不是当时通用、看起来像钉子一样的歌德体，而是可爱的古老盖尔草书，字迹依然端正工整、浑圆小巧，就像他在黯淡的洛锡安向某位年老圣人学习时的初时笔触。由于他绝少写字，所以这门艺术得以保有它的美。那是一名年老女仆的手、或者是某个守旧男孩的手，他坐在那里，两腿圈住凳子脚，一边吐着舌头，一边小心写字。他带着天真的精确、带着优美的老式笔尖穿过悲伤与热情，迈入老年。仿佛有个快乐的孩子从黑色的铠甲中走出，是个鼻端还挂着鼻涕的小男孩，他赤着脚，脚趾发蓝，手指像一个个细瘦的胡萝卜，抓着一枝海藻根。

致蓝斯洛爵士，我生平见闻所有高贵骑士中之花：我，加文爵士、奥克尼洛特王之子、高贵的亚瑟王之甥，在此向您致意。

我愿世人皆知晓，我，圆桌骑士加文爵士，希望能死在您手中——虽然这并非您的义务，却是我本人的请求。因此我恳求您，蓝斯洛爵士，再次回到这块土地上，面见我的坟墓，当您向上帝祈祷时，请多少为我的灵魂祈福。

今日有人再次击伤您先前给我的那道伤口，写下这封手信的同时，我正因此濒临死亡，蓝斯洛爵士——也许我无法死在更高贵的人手中。

又，蓝斯洛爵士，为了您我之间的一切情谊……

蓝斯洛没再继续读下去，将信扔到桌上。

“就这样吧，”他说，“我没法读下去了。他催促我快马加鞭去帮助国王对抗他弟弟，对抗他最后的亲人。加文爱他的家人，波尔斯，最后他却谁也没有了。但他写信来原谅我，还说这是他的错。上帝明白，他是个正直善良的弟兄。”

“国王的事我们要怎么做？”

“我们得尽快动身到英格兰。莫桀已经撤退至坎特伯雷，在那里另辟战场。消息被暴风雨耽搁，所以这场战事或许已经结束。一切均不宜迟。”

布雷欧贝里斯说：“我会去照看马匹，我们何时出航？”

“明天。今晚。现在。风一停就走。我们要一路马不停蹄。”

“很好。”

“还有你，波尔斯，草料就由你负责了。”

“是。”

蓝斯洛跟着布雷欧贝里斯走向楼梯，但在门边又转过身来。

“王后被围困，”他说，“我们一定要救她出来。”

“是。”

最后只余波尔斯一人留下与那阵风相伴，他好奇地捡起那封信，凑近逐渐微弱的火光，欣赏着写得像 z 的 g、弯弯曲曲的 b、圆弧形的 t，它们像是耕犁的齿刃一般，每道犁出来的细线都甜美得像新土，不过这道犁沟一路漫游着走向终点。他翻过信纸，看着褐色的签名。他费力地拼读出结语——是用嘴巴逐一发声来拼字的，在此同时，灯心草开始狂摆、黑烟喷了出来，那风呼呼吹着。

我在今日书写此信，就在我死亡的两个半小时前亲自写下此信，以我心之血署名。

奥克尼的加文

他把“加文”这名字拼了两次，咂了一下嘴。“我想，”他怀疑地高声说道，“他们在北方是不是把这名字的音发成‘库丘兰’[1]？

① 库丘兰（Cuchullain），爱尔兰民间传说中著名的英雄。

这些古老语言实在很难说啊。”

他把信放下，走到沉闷的窗边，开始哼起一首叫作《金雀花，山丘上的金雀花》的调子，这首歌的歌词已经在时间的浪潮中为人所遗忘。或许它们就像现代的歌词，说的是：

> 强壮的血依然，高地之心依然，
> 我们在梦中见到赫布里底群岛。[①]

---

① 此为十八世纪的苏格兰歌曲，作者佚名，描绘苏格兰高地人即将航海远飏，移民到陌生土地的心境。

第十四章

同一股悲风呼啸着环绕旋过国王位于坎特伯雷的大帐。外间喧闹，相形之下里面有股安详的宁静。大帐内陈设富丽，悬着王室挂毯（图案是乌利亚，仍自处于被砍成两半的瞬间），卧榻上铺着厚厚的毛皮，烛光闪烁。这并非一般帐篷，而是一顶天幕帐。国王的锁子甲在后方架上，发出幽沉的光芒。一只动不动就大叫的粗野鹫鹰戴着头罩，一动也不动地站在一根像是给鹦鹉用的栖木上，正在它祖先的恶梦中沉思。一只白得像象牙的灵猩犬四足蜷曲而卧，尾巴卷曲成灵猩特有的镰刀形，用那雌鹿般温柔的眼睛怜悯地看着老人。一张华丽的珐琅棋盘放在床边，碧玉与水晶制的棋子站在上头，最后的棋局是擒王棋。纸张四处散落，盖住了秘书的桌子、阅读桌、还有几张凳子——这些枯燥的文件有政府（依然勇敢屹立）文件，有法律（仍有待编纂）文件，有当日的军需、军备文件和命令。一册摊开的厚重账本底下压着一张便笺，便笺的内容是要吊死一名不幸的违纪士兵，他是兰恩的威廉，因抢劫而被判处绞刑。秘书端正的笔迹在便笺边缘写下他简洁的墓志铭："吊"，正适合这种悲剧的气氛。那张阅读桌被成堆文件淹没，有请愿书，也有备忘录，数目多得数不清，但所有文件都已由国王裁定并签字。获得国王同意的文件上，他会谨慎地写下“批可”，而遭到驳回的请愿书上，他会写下王室惯用的谦词“再议”。阅读桌和椅子一体成形，国王本人此刻正消沉地坐在那里。他的头枕在文件上，把它们弄散了。他看起来仿佛死了——他也确乎快死了。

亚瑟累垮了，被先后发生在多佛和巴罕道[①]的两场战役给击垮了。他妻子被囚，老友遭逐，儿子正打算要杀他。加文下葬了，他的圆桌瓦解了，而他的国家陷入战火。但是，如果他心中的根本信条尚未毁坏，他仍能够以某种方式承受这一切。很久很久以前，当他还是那名叫做小瓦的敏锐男孩时，那位甩着一口白胡子的老者曾好心教导他。梅林教他相信，人可以变得完美；教他相信，大体而言他是好人，不是坏人；教他相信，美好的德性是值得拥有的；教他相信，没有原罪这回事。基于人性本善的假设，他被锻造成一个用来助人的武器，那位年老昏聩的导师将他锻造得像是巴斯德、居礼或那位坚忍不拔的胰岛素发现者[②]。他命中注定要对抗“武力”这项人性的精神疾病。在梅林尽心尽力的教导下，亚瑟的圆桌、他对骑士道的信念、他的圣杯、他对司法正义的牺牲奉献，一步一步踏着先进革新的脚步。他就像终其一生追踪癌症根源的科学家。强

① 巴罕道（Barham Down），坎特伯雷附近的地名。根据马洛礼的《亚瑟之死》，亚瑟王与莫桀父子一共打了三场仗，第一场在多佛，第二场在巴罕道，最后一场则是在索兹伯里。

② 胰岛素的发现是一项科学史公案。一九二一年，加拿大医师班廷（Frederick Banting）在苏格兰籍医师麦克劳德（John Macleod）实验室中以狗实验，证明胰脏萃取物可降低糖尿病犬的血糖，之后并纯化该项物质，命名为胰岛素，两人在一九二三年同获诺贝尔生理及医学奖。但是这个团队中第一个分离出胰岛素的助手贝斯特（Charles Best）并未获奖，而在此两年前就已发现胰岛素的罗马尼亚生理学教授尼可莱·普莱科（Nicolae Paulescu）由于语言问题，在科学史上遭严重忽视。

权——他要结束它——他要让人民更快乐。但这一切都建立在“人性本善”的大前提上。

回顾一生，他觉得自己似乎一直都在防堵洪水，只是无论什么时候去检查，都会发现新决口，他必须一再重新防堵。洪水的名字就是“强权”。早年尚未结婚时，他试图以暴制暴（在对付盖尔同盟时），最后却只发现，错上加错并不会得到正面的结果。不过他终究粉碎了封建势力获胜的梦想。尔后，他想用圆桌约束暴政，好让这股力量能够用于正途。他派出信仰强权的人去拯救受压迫的人，去行侠仗义——他要他们镇压贵族的个人武力，如同他镇压其他国王的武力。他们照做了，直到岁月推移，目的达成，武力仍不受他掌控。于是他找了一条新管道：送他们去执行上帝的任务，去寻找圣杯。这也失败了，因为找到圣杯的人达到完美的境界，离开尘世；但未能找到圣杯的人很快就故态复萌。最后他想订出使用武力的准则，也就是说，用法律将它们绑死。他试着编纂规范个人武力滥用的法条，这样就能用客观的国家司法约束这些行为。他做了心理准备，要牺牲他的妻子与挚友来成就司法的客观性。此后，个人武力虽然似乎受到约束，但强权主义又改头换面从他身后跳了出来——那是集体武力、群体暴力，以及许多无法接受个别法律的军队。他约束了单一个人的武力，却发现这些单一个人的武力其实是多数人的集体武力。他克服了谋杀，却得面对战争。没有法律能够应付这个问题。

他早年对抗洛特和罗马独裁官的战争，是为了推翻封建的战争协定，如猎狐和勒赎赌盘之类的事。为推翻这样的协定，他引入总体战的概念。而今他已年老，相同的总体战争又回来赖着不肯走了；这是全然的憎恨，是最现代的敌对状态。

现在，国王闭着眼睛把额头靠在文件上，试着让自己无知无感。因为，如果原罪确实存在，如果人性本恶，如果圣经所言不虚，人心终究狡诈且邪恶无比，那么，他此生的目标就什么也不是了。如果他试图移植骑士道与司法正义的对象是那些“持鞭人”，是“蛮人”而非“智人”，那么，骑士道与司法正义也无异于幼稚的幻想。

这想法后面还躲着一个更糟的念头，他不敢面对。或许人性既不善也不恶，人类不过就是个没有感觉的机器——人的勇气不过是对危险的反射行为，像是被针扎到时会自动跳起来一样；或许这世上并没有美德这回事（除非被针扎到后跳起来也算是一种美德），而人性不过是只机器驴子，跟在爱的铁制胡萝卜后面，绕着无意义的繁衍踏车行走；或许武力是一种自然法则，而活下来的人得适应这项法则；或许他自己……

不过他无法再深思下去了。他觉得他两眼之间有什么东西正在萎缩，就在鼻子与颅骨相接的地方。他睡不着，他做了恶梦。明天就是最后决战了。他还有这许多文件要读要签，不过他既无法读、也无法签。他没法把头从桌面上抬起来。

人为何而战？

这个老人一直都是个谨守本分的思想家，不是那种天启的类型。现在，他倦极了的大脑又落入一贯的回圈：他已经踩着沉重的脚步在那些磨耗过度的道路上走过好几千次，就像是绕着踏车行走的驴子一样，却仍徒劳无功。

究竟是邪恶的领导者带领无辜的群众走向杀戮？还是邪恶的群

众依己所欲选出领导者？表面上看来，似乎没有哪个领导者能逼迫上百万名英格兰人改变意志。比如说，如果莫桀亟欲让所有英格兰人都穿上衬裙，或是要他们全都倒立，他们当然不会加入他的党派吗？不管他所提供的诱因有多么巧妙、多么有说服力、多么狡诈，或有多么令人敬畏，他们都不会加入。领导者当然要提供某种具吸引力的东西给他所领导的人吧？他或许是推了这座将倾的高楼一把，但是这座高楼倒塌以前，本身就已经摇摇欲坠了吧？若是如此，那么战争就不是一群清白无辜的温和人民在邪恶之人带领下所造成的不幸，它们是民族运动，起源更深奥、更幽微。其实，他也不觉得带领这国家走向悲惨境地的人是他或莫桀。如果要带领国家往哪个方向走就像牵绳遛猪那么容易，他怎会无法将国家带往骑士道、带往司法正义、带往和平之途呢？他一直都试着这么做啊。

再者（这是第二个循环），这就像是地狱——如果造成这个悲惨景况的人不是他，也不是莫桀，那该归咎于谁？战争真正的起源到底是什么？因为任何一场战争似乎都深植于先前的战事。从莫桀回溯到摩高丝、从摩高丝回溯到尤瑟·潘德拉贡、再从尤瑟回溯到他的祖先。这似乎就像是该隐杀了亚伯，窃取他的国家，而后亚伯的后人想要赢回祖先的财产。世代更迭，人们就这么继续下去，以牙还牙，以眼还眼。没有人获得什么好处，两败俱伤，但每个人都无法逃开。现在的战争可能是莫桀引起的，或是亚瑟自己引起的。但也是那上百万名“持鞭人”引起的，是蓝斯洛、桂妮薇、加文引起的，是所有人引起的。用剑之人最后必然死于剑下。只要人拒绝原谅过去，一切的终点都必然是悲伤。要矫正尤瑟与该隐的恶行，唯有既往不咎。

姊妹、母亲与祖母，一切都根植于过去！一个世代所做的任何事都可能在另一个世代中造成无法预估的后果，所以即便是打个喷嚏，也无异于对池塘投出一块石头，涟漪可能会打在最远的塘岸上。人唯一的希望似乎就是什么事都不做，不管面对任何事都不拔剑，让自己像一块没有丢出去的石头那样静止不动。但这太可怕了。

什么是公理？什么是不义？作为与不作为之间又有什么差别？这位年迈的国王心想，如果能再年轻一次，我要把自己埋进僧院，因为我怕任何作为都会导致灾祸。

既往不咎是首要之务。如果一个人的所作所为、一个父亲的所作所为都是一连串无止无境、最后注定会血淋淋的“作为”，那就必须把过去抹消，创造一个新的开始。人必得做好准备，说：对，该隐是不义的，但我们若想拨乱反正，就只能接受现状。土地已受劫掠、人民已遭杀戮、而国家也已蒙羞。现在，让我们遗忘过去，重新开始，而不是一边前进，一边后退。我们不能用冤冤相报的方式构筑未来。让我们像兄弟一样坐下来，接纳上帝所赐的和平吧。

不幸的是，人们确实这么说过，每次战争都这么说过。他们总是说，这次战争是最后一次，此后乐园就会到来。他们一直想重新建立前所未见的新世界，但当时机来临时，他们就变笨了。他们像是一群喊着要盖房子的小孩，真要盖的时候，又没有实行的能力。他们不知道要如何挑选正确的材料。

老人的思路变得崎岖难行了。它们只是带着他周而复始原地打转，哪儿也去不了：但他已经习以为常，所以也停不下来。他进入另一个回圈。

或许就像约翰·鲍尔所说，战争最大的成因就是私有财产。“英格兰走的路是错的，”他说，“它会一直错下去，直到一切都由众人共有为止，到那时候，就没有农奴与贵族之别了。”或许战争开打的原因在于，人总爱说“我的”国家、“我的”妻子、“我的”爱人、“我的”东西。这想法一直深藏在他、蓝斯洛及所有人的内心深处。或许，打从人们有什么东西不愿彼此共享，想要独占的那一天开始，战争便存在了，即便那是荣誉和灵魂也一样。饥饿的野狼会攻击肥美的驯鹿、穷人会抢劫银行家、农奴会革命反抗上流阶级、穷国会和富国打仗。或许战争只会在拥有某种东西的人和没有那种东西的人之间发生。你要与此对抗时，会被迫认清一个事实：无人能定义什么叫“有”，如果穿着银铠甲的骑士碰上一个穿着金铠甲的骑士，他马上会说自己“没有”。

但是，他想，无论“有”要如何定义，暂且假定它可能就是问题的关键所在吧。

我有，而莫桀没有。他驳斥了这自相矛盾的想法：说莫桀或我是这股风暴的推手并不公平。因为，其间的力量错综复杂，我们不过是有名无实的首脑罢了；这些力量似乎潜藏在一种脉动之下。就好像社会的架构中自有一股脉动存在似的。莫桀现在几乎可说是无助地被多得数不清的人推着跑；那些人或许信仰约翰·鲍尔，希望藉由宣称万物平等以取得权力去支配同胞，也或许他们在动荡之中看到机会，想藉此提升自我力量。这股脉动似乎是来自下层，如鲍尔和莫桀手下那些想要往上爬的落水狗；如因无法成为圆桌领袖而心生怨恨的骑士；如冀望致富的穷人；如渴望权力的人。而我的手下正是那些身为领袖的骑士（对他们来说，我不过是个权威模范、是个幸运符），他们是要捍卫自身财产的富人，是不想失去权力的权贵。这是一场“有”与“没有”的武力交会，一场人民间的疯狂斗争，而非领袖间的冲突。但这部分暂且不表，我们先假定这个不明确的概念是真的，也就是战争是因“有”而起。这样一来，最好的做法就是拒绝拥有任何东西。就像罗契斯特曾说过的，此为上帝的忠告。这世上有受仇视的视线威胁的富人，也有兑币人。因此教会不能太过介入俗世的悲伤；因此罗契斯特说，所有的国家、阶级和个人总是在大喊：“我的，我的。”而教会所受的指示却是说：“我们的。”

若是如此，这就不只是共享财富的问题了，而是共享一切的问题——包括思想、感觉与生命。上帝告诉人们，他们必须放弃以个人的方式生活。他们必须走入生命的力量，就像滴水进入河川一般。上帝说，只有抛弃嫉妒之心、抛弃个人微不足道的快乐与悲伤，才能够和平死去，进入天国。凡要救自己生命的，必丧掉生命。

不过这颗年老的白色脑袋中有某种东西让他无法接受上帝的观点。当然，没有子宫，就没有子宫癌。彻底而猛烈的治疗能够切除一切——连生命也一起切除。再理想的忠告，若无人能遵循，也无济于事。将尘世变成天堂是无效的。

另一个已然磨耗的回圈转到他眼前。或许战争是出于恐惧：恐惧信赖。除非这世上有真相、除非人所说的都是真相，否则自身以外的一切皆危险。你会对自己说真话，但你可不敢肯定邻居的话句句属实。而这个不确定性最后会让邻居成为威胁。至少，这会是蓝斯洛对战争的解释。他以前总说一个人最宝贵的资产就是他所说的话。可怜的蓝斯，他已经打破他的承诺：但无论如何，这世上没有几个像他这么好的人了。

或许战争之所以发生，是因为那些国家不信赖彼此的承诺。因为他们害怕，所以他们对战。国家就像人，也有自卑感和优越感，也会想要报复，也会害怕。把国家拟人化是合理的。

怀疑与恐惧、拥有与贪婪、对先辈恩怨的愤怒，这些似乎都是战争的一部分，却都不是解决之道。他看不到真正的解决之道。他已经太老、太疲倦、太悲伤，无法做出建设性的思考。他不过是个怀抱善意的人，仅因那位拥有某种人性弱点的古怪法师鞭策，才走上思考之途。司法正义是他最后的努力——不做不义之事。不过最后也失败了。实在太困难了。他已经筋疲力尽。

亚瑟抬起头，证明他还没有完全筋疲力尽。他心中有某种东西不会被打倒，那是一种简单的庄严色彩。他坐直身子，把手伸向铁铃。

“见习骑士，”他说。小男孩一面快步走进来，一面用指节揉着眼。

“大人。”

国王看着他。即使在他最困厄时，他依然能注意别人，尤其是新来的人，或表现得体的人。他去帐篷安慰受伤的加文时，其实比对方更需要安慰。

“我可怜的孩子，”他说，“这时你应该已经上床睡觉了。”

他以一种紧张又空乏的关切看着那个男孩，他已经很久没看过年少的天真与笃定了。

“喏，”他说，“你能把这张便笺拿去给主教吗？要是他睡了，就别吵醒他。”

“大人。”

“谢谢你。”

那个生气蓬勃的小家伙走出去后，他又把他叫了回来。

“噢，见习骑士？”

“大人？”

“你叫什么名字？”

“汤姆，大人。”少年很有礼貌地说。

“你住在哪里？”

“靠近华威的地方，大人。”

“靠近华威的地方。”

老人似乎在试着想像那地方的模样，仿佛它是地上天堂、或曼德维尔[①]笔下的国家。

“那地方叫纽伯雷维尔，很漂亮。”

“你几岁了？”

“我十一月就满十三岁了，大人。”

“而我让你整晚都不能睡觉。”

“不，大人，我在马鞍上睡很多了。”

“纽伯雷维尔的汤姆，”他说，语气带着惊奇。“我们似乎把很多人都扯进来了。告诉我，汤姆，明天你打算怎么办？”

“我要上场打仗，大人。我有一把好弓。”

---

① 曼德维尔（Sir John Mandeville），曾于一三五七至一三七一年间出版虚拟旅行文集，该书以盎格鲁—诺曼法语书写而成。

“你要用这把弓杀人吗？”

“是的，大人。要杀很多人，我希望如此。”

“要是他们来杀你呢？”

“那我就死了，大人。”

“我了解了。”

“我现在可以去送信了吗？”

“不，等一下。我想找个人说说话，不过我的脑袋有点糊涂了。”

“要我拿杯葡萄酒来吗？”

“不了，汤姆。坐下来，试着好好听我说。把凳子上的西洋棋子拿开。别人和你说话的时候，你都能理解吗？”

“是的，大人。我的理解力很好。”

“那么，如果我要你明天别去打仗，你能理解吗？”

“我想去打仗。”他坚决地说。

“每个人都想打仗，汤姆，但没有人知道原因。如果我叫你别去打仗，就当作国王格外开恩吧，你会听命吗？”

“只要您吩咐，我就听命。”

“那么，听好。在这里坐一会儿，我要告诉你一个故事。我已老迈，汤姆，你还年轻。我希望，当你年老的时候，你能对别人说我今晚告诉你的故事。你明白我所说的吗？”

“是的，大人，我想我明白。”

“这么说吧。从前有个国王叫亚瑟王，也就是我。他登上英格兰王座时，发现所有国王和贵族都像疯了一样彼此争战。而且，因为他们有钱，能够在对战时穿着昂贵的铠甲，所以根本无法阻止他们为所欲为。他们做了很多坏事，因为他们行事的准则是武力。现在，这个国王有个想法，那就是，如果人一定要使用武力，就应该好好利用它，要让它代表正义发声，而不是为武力而武力。你要记着这一点，孩子。他认为，如果他能够让他手下的贵族为真理而战，济弱扶倾，振弱除暴，那样一来，他们的争战就不会像以前那样糟糕。因此，他把他认识的那些真诚仁慈的人集结起来，为他们披上铠甲，让他们成为骑士，拿他的想法教导这些人，让他们在圆桌旁坐下。在那段快乐的时光中，他们有一百五十人，而亚瑟王全心全意爱着他的圆桌。他为它感到骄傲，程度更胜于他对他爱妻的感情。有许多年，他的新骑士四处游历，杀死食人魔、拯救少女、救出可怜的囚犯，试着导正世界。这就是国王的想法。”

“我觉得那是个很好的想法，大人。”

“是，也不是。只有上帝知道。”

“国王最后怎么了呢？”就在故事似乎要中断的时候，孩子开口问道。

“由于某些缘故，事情走调了。圆桌分裂，一场苦斗开打，大家都被杀了。”

男孩信心满满地插嘴。

“不，”他说，“才不是这样呢。国王赢了。我们会赢的。”

亚瑟微微一哂，摇了摇头。现在的他只想听真相。

“大家都被杀了，”他重复方才的话，“只有一名见习骑士活了下来。我知道我在说什么。”

“大人？”

“这名见习骑士是年轻的汤姆，他来自华威附近的纽伯雷维尔，虽然这让年老的国王蒙受羞辱之痛，但他在战争前夕将他遣走了。你看，国王想要让某个人留下来，某个记得他们伟大想法的人。他非常希望汤姆回到纽伯雷维尔，在那里长大成人，在华威郡过着和平的日子——国王还希望他把这个古老的想法告诉所有愿意聆听的人，把他们两人都一度认为很棒的想法告诉那些人。汤玛斯，你是否能做到这点，以取悦国王？”

孩子纯真的眼里带着绝对的真诚，“我会为亚瑟王做任何事。”

“真是个勇敢的小家伙。现在听好了，老兄。别把这些传奇人物搞混了。对你说出我心中想法的是我本人。命令你立刻骑马到华威郡去、明天不许带弓上战场的也是我本人。这些你都了解吗？”

“是的，亚瑟王。”

“你可愿承诺，从此以后要珍惜你的生命？你可愿记住，你就像一艘承载着这想法的小船，万一情况不对，所有希望都取决于你的生命能否继续？”

“我会的。”

“我这样利用你似乎太自私了。”

“对您卑微的见习骑士来说，这是一项荣誉，好大人。”

“汤玛斯，我对这些骑士的想法就像是一根蜡烛，就像眼前这些蜡烛。我带着它许多年了，用我的手遮护它，让它不受风吹。它常常摇曳不定。现在我要把蜡烛交到你手上——你不会让它熄了吧？”

“它会继续燃烧的。”

“好汤姆。带着光亮的人。你说你几岁了？”

“快十三岁了。”

“那么，这或许会花上你六十几年的光阴。那是半个世纪的时间啊。”

“我会将它传给别人的，国王。传给英格兰人。”

“你会在华威郡对他们说：啊，他有一根非常美丽的蜡烛？”

“是的，伙伴，我会的。”

“那么，啊，汤姆，因为你必须快点动身，带着你所能找到最好的小马走吧，往后方到华威郡去。伙伴，那不是杓鹬吗？”

“我会往后方去的，伙伴，蜡烛会继续燃烧。”

“好汤姆，愿上帝祝福你。在你离开以前，别忘了把信送给罗契斯特主教。”

小男孩跪了下来，亲吻他主人的手——他的外衣看来新得可笑，上面有马洛礼家的纹章图记。

“我英格兰的王。”他说。

亚瑟温柔地扶起他，在他肩上吻了一下。

“华威的汤玛斯爵士。”他说——然后那男孩离开了。

华丽的茶色帐篷空了。风声哭号，烛影摇曳。垂垂老矣的老人坐在阅读桌边，等待着主教。现在他的头又伏在纸页上了。蜡烛恍如鬼火般燃烧；灵猩看着他的时候，倒映烛光的双眼宛如两个带着野性光芒的琥珀杯。莫桀的大炮整夜按兵不动，以待清晨之战。现在炮弹已经落下，在外面发出重击。国王放弃他最后的努力，向悲伤让步。甚至当访客拉起帐篷垂幕时，他沉默的眼泪依然沿着鼻子滑落在羊皮纸上，发出规律的滴答声，有如一座古老时钟。他转过头去，不想让对方看到，他无法表现得更得体了。垂幕落下，有个像是穿戴斗篷和帽子的奇怪身形轻轻走了进来。

“梅林？”

不过那里一个人也没有，他只是在年老的瞌睡中梦见了他。

“梅林？”

他重新开始思考，但这回思路清晰一如往昔。他想起教导他的那名年老法师——那个用动物教育他的人。他依稀想起，这世上有五十万种不同的动物，而人类只是其中一种。人当然是动物——总不会是植物或矿物，对吧？梅林教他有关动物的事，一个物种能够藉由观察其他几千个物种的问题来学会一些东西。他想起那些做出国界宣告的好战蚂蚁，想起那些没有划出疆界的野雁。他想起他从獾那儿学到的一课，想起鶊鶄和在迁徙途中见到的岛；在那岛上，所有海鹦、刀嘴海雀、海鸠和三趾鸥都和平共处，它们保有自己的文化，却没有开战——因为它们没有划出疆界。而今他看出眼前的问题，就像看地图那样一目了然。战争最奇妙的事就是，它是为了虚无之物而战——没错，名副其实的虚无之物。国界是一条想像出来的线。苏格兰和英格兰之间并无肉眼可见的界线，但福罗登之役与班诺本之役都为此而战。症结在于地理学——政治地理学。没别的了。各个国家就像海鹦和海鸠那样，不必拥有一致的文明，也不需要一致的领导人。只要他们能给予彼此贸易的自由、通行的自由、往来世界各地的自由，他们仍能保留他们的文化，就如爱斯基摩人和霍屯督人[①]。国家仍得是国家，但这些国家能保留固有文化和当地法律。至于地表上那些想像出来的线，只要别再去想像就好了。空中的鸟很自然地忽略了它。对鶊鶄来说，国界这种东西是何

① 霍屯督人（Hottentot），非洲南部的原住民族之一。

等疯狂啊，如果人能学会飞行，也会这么想。

老国王精神大振，神清气爽，几乎准备好要再次开始。

会有那么一天——一定会有那么一天——当他带着新圆桌回到格美利，那张圆桌就像这个世界一样，没有棱角——那张圆桌不会在国与国之间设下疆界，可以让他们坐下来举行宴会。要塑造这样的圆桌，唯一的希望就是文化。如果能够说服人民学会读写，不再只会吃饭做爱，就还有机会让他们变得理性。

不过这个时候要做另一项努力已经太迟了。因为此时，他的命运就是死亡，或像某些人所说，被带往亚法隆，在那里等待更好的时代。因为此时，蓝斯洛的命运是被削发，桂妮薇的则是戴上修女头巾，而莫桀则必然会被杀。在阳光闪耀的万顷碧波中，个人的命运不过是滴水而已，虽然是滴闪亮的水珠。

叛军的大炮在这破败的早晨响起，英格兰之王起身，以和平的心迎接未来。